人殺しの息子と呼ばれて

フジテレビ
「ザ・ノンフィクション」
チーフプロデューサー
張江泰之

角川書店

人殺しの息子と呼ばれて

目次

事件関係者の相関図

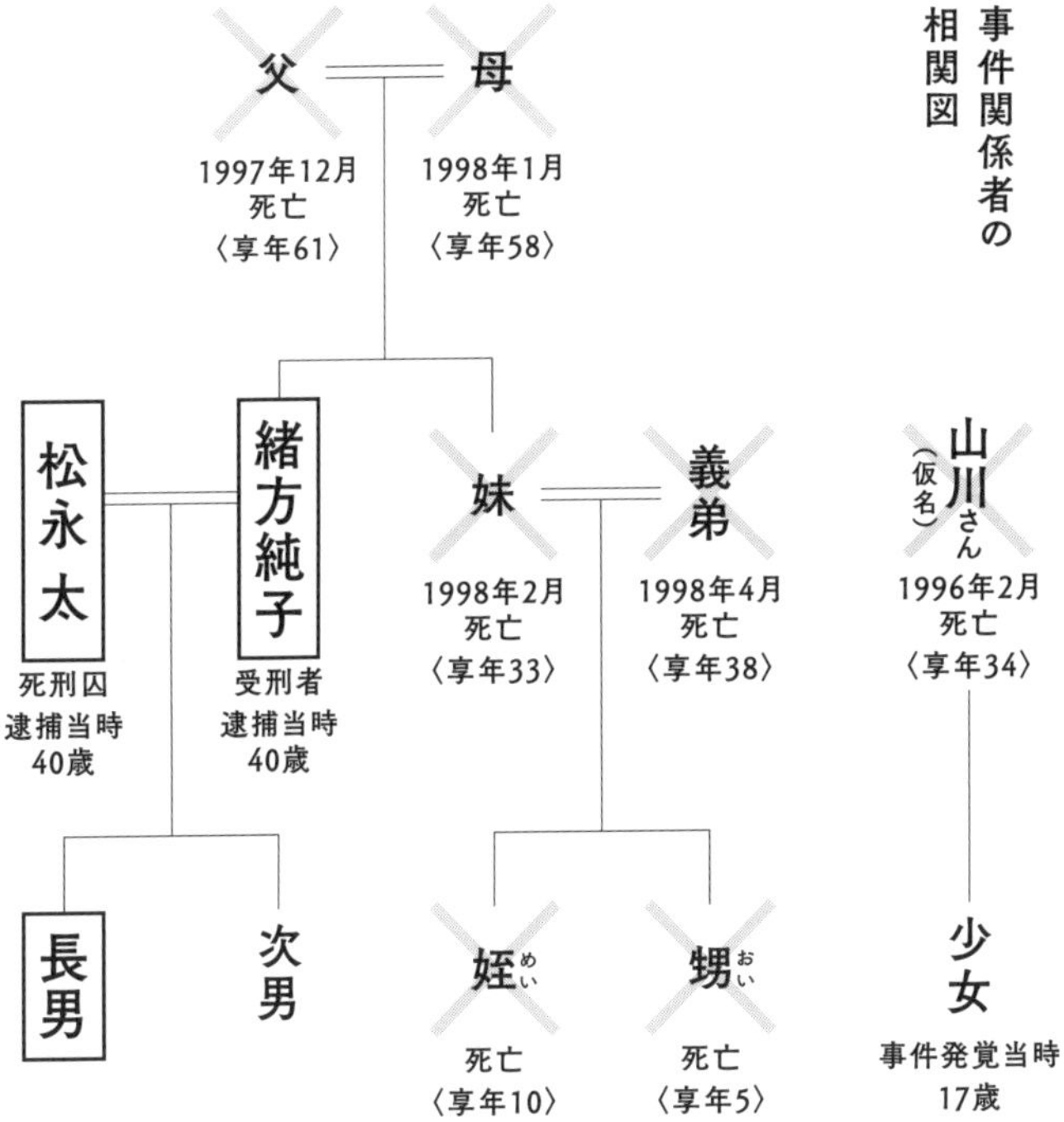
父
1997年12月
死亡
〈享年61〉
母
1998年1月
死亡
〈享年58〉
松永太
死刑囚
逮捕当時
40歳
緒方純子
受刑者
逮捕当時
40歳
妹
1998年2月
死亡
〈享年33〉
義弟
1998年4月
死亡
〈享年38〉
山川さん（仮名）
1996年2月
死亡
〈享年34〉
長男
次男
姪《めい》
死亡
〈享年10〉
甥《おい》
死亡
〈享年5〉
少女
事件発覚当時
17歳

序章　生きている価値

親父と似ているところがある。それが怖い……

「認めたくないけど、親父に似ているんだと思います。たとえば人と関わるとき、その人と会話をしている自分とは別のところからそれを眺めている自分がいる。自分でそれがものすごく気分が悪いんですね。　相手に感情をぶつけていたとすれば、それを冷めた目で見ている。本当にそれでいいのか？　間違っていないか？　そんなふうに問いかけてくるわけじゃないけど、自分の中にもうひとり、自分がいるような感覚なんです」

彼――〝人殺しの息子〟と呼ばれた二十四歳の青年――はそう言った。

もちろん実名は出せない。だからといって記号では呼びたくないので、この本の中では基本的に〝彼〟と呼ばせてもらう。

彼は続けた。

「人の弱いところも、すごくわかるんです。この人はたぶん、こういうところでつまずいて苦しんどるやろうなとか、こうしてほしいんかなとか。こういう話を聞かされたときにはこう返したほうがいいんかなとかって。そんなふうに考える自分が、親父とかぶるんですよ。親父に似ていることでの恐怖心はもちろんあります。同じことをしてしまうんやないかなって。そうするつもりはなくても、どこかでリミッターが外れてしまうことが絶対にないとはいえない。一個の失敗を隠すために二個、三個と失敗を重ねていくんかなって

序章　生きている価値

思った時期もあったし、そういうところで葛藤《かっとう》するんです」

彼が背負っているものの大きさにあらためて戦慄《せんりつ》させられる言葉だ。

彼の父親が起こした事件――史上、類をみないほど残虐な犯罪――がどんなものだったかを知る人であれば、これらの言葉の重たさがわかるはずだ。

特殊な能力というわけではないが、人の心を読み、論理的な思考の組み立てができる明《めい》晰《せき》な頭脳とでもいえばいいだろうか。

冷静すぎる目を持つ、もうひとりの自分……。その存在ゆえの不安である。

彼は言う。

「あいつはそれを自分のいいように使ったけれど、俺はもちろんそれをする気はないです。自分が損をしてでも、人のために何かをしたい気持ちがあります。自分の中に冷めた自分がもうひとりいるということは、認めたくないけど認めて、上手に付き合っていくしかないんかなあって思っているんです」

本当は口にしたくないはずの葛藤が凝縮された言葉といえる。

〝人殺しの息子〟であることは、誰よりも彼自身が認め、だからこそ恐怖と不安を感じているのにちがいない。

彼は合計十時間に及ぶインタビューに応じて、言葉を選びながらも本音で答えてくれた。

彼との〝始まり〟からすれば、とても想像できないことだった。

彼との始まり……。

それは一本の電話であり、私がつくった番組に対する苦情だった。

「あなたはあの番組の責任者の方ですか？　俺は、松永太《まつながふとし》と緒方純子《おがたじゅんこ》の長男です」と。

私がつくった番組へのクレーム

正直にいえば、あまり出たくはない電話だった。

何を目的とした電話なのか、意図がわからず、どんなことを言われるのか想像もできなかったからだ。

松永太と緒方純子の息子を名乗る人物から電話があることは事前に聞いていた。私が電話を受ける前日にフジテレビに電話をかけてきていたからだ。会社の記録によれば、二〇一七年六月十三日、二十時四十分となっている。

その電話に出た担当者によると、最初に彼は「遺族の許可もなくテレビでおもしろおかしく事件を取り上げるのはやめてほしい。こうしてたびたび取り上げられることによって関係者が調べ上げられるんです」と言ってきたそうだ。

その四日前となる六月九日に放送した金曜プレミアム『追跡！平成オンナの大事件』に対するクレームである。

「関係者の方ですか？」と電話受付の担当者が聞くと、ためらわずに「息子です」と答えたそうだ。そこで担当者は、番組責任者である私に回したほうがいいと判断して内線電話を使ってつなごうとしたが、私は不在だった。そのため、翌日、もう一度、電話をかけ直してほしいとお願いしていたわけだ。

「声は低めでおとなしそうな方でした。いたずらではなさそうでした」とのことだった。

「ようやく電話に出てくれましたね」

第一声はそんな言葉だった。

「あの番組のプロデューサーを担当した張江《はりえ》ですが、どちらさまですか？」

「ずっとかけ続けていたんですよ、なかなかつかまらないから……。テレビの人って、逃げ回って、電話に出てくれない人たちばかりなのかと思いました」

六月十四日、彼がかけてきた二度目の電話にも私は出られなかった。会議などが立て込んでいたためだ。それも一度ではなく、二度か三度、続いたようだ。

私にかわって電話に出た番組デスクは「なぜ、プロデューサーは出てくれないのかの一点張りでした」と私に伝えた。そのためこうした第一声になったのだろう。

「逃げ回るなんて……、そんなことはしません」

こちらがそう言うと、あらためて彼は名乗った。

「俺は、松永太と緒方純子の長男なんです」と。

二人の逮捕から十五年——。電話の相手がその長男であるなら二十四歳になっているはずだった。メディアに出ることはいっさいなく、これまでは消息不明に近かった。孤独に生きていたとは想像されるが、どこに住んでいるかといった情報はまったくなかった。それだけに相手が本当に二人の長男なのかという疑いがなかったわけではない。だが、それを確かめるすべはなく、こちらの疑問を口にする猶予もなかった。

彼は切り出した。

「あなたに言いたいことがたくさんあります」

「なんでしょう?」

「なぜフジテレビは、あんな放送をしたんですか。納得がいきません。事件からずいぶん時間が経って、ようやく風化しつつあるというのに……。おかげで俺のことがネット上で叩《たた》かれていて困っています」

「というと……」

「ふざけないでください。ネット上では、俺のことを人殺しの息子なのだから、ろくでもない奴にちがいないだとか、消えてなくなれ、とか書かれています。どうしてくれるのですか?」

はっきりとした口調であり、攻撃的でもあった。言いたいことを告げればそれで終わりというタイプでもなさそうだった。

午前十一時頃の電話だったので、一般的な仕事をしているのであれば、長電話はしにくい時間帯のはずだが、なかなか電話を切ろうともしなかった。

どんなところから電話をかけているのか？

背後の音を聴こうと耳を傾けてみても、特別な音は聞こえなかった。

私のオフィスは、エアコンが高めの温度設定になっているので、暑がりの私の額には汗がにじんできていて、手にしているスマートフォンの画面もじっとりしてきた。

放送が気に入らなかったのはわかるが、彼が最終的に何を求めているのか。

その真意がなかなか摑《つか》めなかった。

攻撃的な言葉を口にすることはあったが、理路整然と彼は話し続けた。その冷静さからも、電話の向こうの彼に、私はどこかでその父親、松永太の姿を重ねていた。

『追跡！・平成オンナの大事件』

松永太が主犯格となったのは、世にいう「北九州《きたきゅうしゅう》連続監禁殺人事件」である。あまりに凄惨《せいさん》な事件であるため、当時から報道規制が敷かれていた。

私が企画の立案から制作まで全責任を負うチーフプロデューサーとして制作した『追跡！平成オンナの大事件』ではこの事件を扱っていた。タブーに挑んだのにも近い番組だった。それも金曜ゴールデンタイムでのことだ。

金曜の夜といえば、関東では圧倒的にＴＢＳが強く、『爆報！ＴＨＥフライデー』『ぴったんこカン・カン』『中居正広の金曜日のスマイルたちへ』という三番組が視聴率で二桁《けた》を獲得することが多い。視聴者層としてF3層（五十代以上の女性）が強く、フジテレビとしても指をくわえたままでいるわけにはいかなかった。そこで午後八時からの二時間に金曜プレミアムという枠を設け、ジャンルにとらわれずさまざまな特集を組んでいた。その枠内で私が立ち上げた企画が『追跡！平成オンナの大事件』だった。

徹底した追跡取材によって、なぜ女たちが凶悪犯罪に手を染めてしまったのかという真相を追い、犯人たちの素顔に迫るのが企画の狙いだった。

その第一回は、前年の十一月に放送していた。そこで扱っていたのは木嶋佳苗《きじまかなえ》死刑囚の「首都圏連続不審死事件」、上田美由紀《うえたみゆき》死刑囚の「鳥取連続不審死事件」、下村早苗《しもむらさなえ》受刑者の「大阪二児餓死事件」、大滝《おおたき》ちぐさ受刑者の「大阪東住吉《ひがしすみよし》幼児六年遺棄事件」だった。

一般の方にも木嶋佳苗死刑囚が起こした首都圏連続不審死事件などは印象が強いのではないだろうか。この事件は二〇〇七年から二〇〇九年にかけて起きており、「婚活」や「練炭」といったキーワードが時代を象徴していた。

「北九州連続監禁殺人事件」は、この企画の第二回で扱った。

主犯格となるのは松永太のほうだが、この事件ではその内縁の妻である緒方純子の果たした役割も小さくなかった。彼女に何があったのかを追わない限り、この事件の全貌《ぜんぼう》は見えてこない。それが第二回の放送でこの事件を軸に据えた理由だった。

このときは他に、麻薬密輸の罪によって十年半を獄中で過ごすことになった本多千香《ほんだちか》さんの「メルボルン事件」なども扱っていた。〝史上最悪の冤罪《えんざい》〟ともいわれている事件である。

　一回目の放送が「残虐きわまりない女性犯罪者たち」にスポットを当てていたのに対し、この第二回は「悲劇の女たち」というテーマにこだわった。

〝実行犯〟である緒方純子を「悲劇の女」と括《くく》っていいのかと疑問をもつ人もいるかもしれない。しかし、もし松永太に出会っていなかったら、緒方純子は犯罪などとはいっさい関わりのない人生を歩んでいた可能性が高かった。そういう意味での〝悲劇の女〟だ。

　この放送の視聴率は八・六％にとどまったが、ＴＢＳの『ぴったんこカン・カンスペシャル』のほかに、日本テレビは金曜ロードＳＨＯＷ！で『となりのトトロ』を放送していたのだから善戦といえなくもなかった。それだけ関心は高かったわけだ。

犯人の子供の人生までは考えなかったのか？

　彼からの電話に話を戻す。

「俺は、ネット上で、人殺しの息子なんだから、生きている価値がないとまで言われているんです。どうしてくれるんですか。番組の放送によって、子供の人生がどうなるかといったことは考えなかったんですか？」

　そう言われると、返す言葉がなかった。

「なぜ、あなたは、番組であの事件を取り上げると決めたとき、息子である俺に取材しようと考えなかったのですか？　それは、取材者の怠慢じゃないですか」

それが彼が言いたかったことのひとつだったのだと思う。

「テレビ番組で事件を取り上げるなら、俺を探す努力をするべきだったのではないか」、「テレビ局であれば、俺がどこにいるかは調べられたのではないか」

そんな言い方もしていた。

彼の言い分はもっともであり、私はただ聞いているしかなかった。番組の意義などについて話したとしても、それで納得してもらえるとは思えなかった。言い訳じみた言葉を口にしないで、彼の主張に耳を傾け続けた。

そのためなのか、電話の途中で彼は「あなたも大変な仕事をしていますね。夜は眠れていますか？」といった言葉も口にした。

もちろん、私に同情しているばかりではなく、こうも言っている。

「約束してもらえますか？　もう二度とフジテレビではあの事件を取り上げないことを」

これもまた、彼が望んだことのひとつだったのだろう。しかし、テレビ局の人間として、そうした要求には応じられない。

「それはできません。たとえば、あなたのお父さんの死刑が執行されたら、当然、ニュースになり、我々はそれを伝えることになる。報道機関として、そういう約束はできないんです」

こんなやり取りをしながら、これは一度の電話で済む話ではなさそうだとも感じていた。

彼はこうして要求を突きつけてはいたが、こちらがそれを飲まない以上、落としどころをどこにもっていくのか。

彼の心が読めなかったが、彼自身もまた出口を見つけられていなかったのではないかと思う。簡単に妥協点が見つけられるような問題ではなかった。

話をしながら私は〝彼はいまどこにいるのか？　仕事をしているのだとすればどんな仕事をしているのか？　これまでどんな人生を歩んできたのか？〟といったことを考えていた。本名を聞きたい気持ちもあったが、口にはできなかった。そうしたひとつひとつを尋ねていけば取材のようになってしまうので、相手を身構えさせてしまうからだ。

拒否反応を示されたくはなかった。かといって、直接会って話をしたい、あるいは謝りたいと言ったなら、「俺の顔が見たいだけではないのか」と返されかねない。私としては手足を縛られていながら話をしているような感覚だった。

その電話はおそらく二時間くらい続いたはずだ。

そのあいだ、彼は慎重に言葉を選び続け、声を荒げるようなこともなかった。

ただ、その電話をどれだけ続けていても答えを出せるはずがなかった。

そこで私は、自分の携帯電話の番号を伝えて、逃げるつもりはないことを示した。

最初の電話はそうして終えている。

大人は信用できない。必ず裏切るから

翌日、やはり午前十一時くらいだったと思う。私のスマートフォンが鳴り、画面には、見たことのない番号が表示された。

「もしもし……」と電話に出ると、「俺です」と返してきたのは彼だった。

彼は、自分の携帯電話の番号を非通知にしないで電話をかけてきたわけなので、そのことにまず驚いた。

私に電話番号を知られてもかまわないというのだろうか。

十五年間、消息を絶ったようになり、いっさいメディアに登場することはなかったのだから、そのこと自体が信じがたかった。

昨日の今日でどんな話になるのだろうかと私は内心、身構えた。

だが、彼の雰囲気は前日とはずいぶん違っていて、見えない壁が取り払われているようにも感じられた。前日のようなクレームを口にすることもなく、少しずつとはいえ、自分のことを話しはじめたのだ。

いまも北九州市内に住んでいて、サラリーマンとして会社に勤務しているといったことなどだ。特別なことを打ち明けられたわけではないので、どこまで私を信用してくれているのかはわからなかった。

こちらから質問するようなことはしないで、やはり私は聞き役に徹していた。

彼の話に対して、大変だったね、などというような安易な言葉を返すこともしなかった。

松永太と緒方純子のあいだに生まれた子が、両親が逮捕されてから十五年、どのような日々を送ってきたのか？

その現実を知らない人間が想像で何かをいうことは許されないはずだからだ。

この日の電話も二時間ほど続いた。

そして電話を切ろうとしたとき、彼は言った。

「俺の名前は……といって、漢字ではこう書くんだ。今度から呼び捨てでいいから名前で呼んでほしい」

メディアの内部にいる私に名前を明かしたことで、世間にそれが広まってしまう可能性は常に残る。彼がそれを考えなかったはずはないのだから、ものすごい勇気がいることだったにちがいない。

それだけに、名前を聞かされたこちらは緊張を感じた。

彼自身がそうして本名を口にしてくれたのだから、Aなどと記号化したり、仮名をつけたりすることはとてもできない。そのための「彼」だ。

次の日も、その次の日も彼から電話はあった。

電話に出られなかったときはこちらからかけ直した。番組に対するクレームではなくなっていて、事件に関係ない話をすることもあった。どうしてテレビ局で働く道を選んだのか、などと質問されることもあった。

彼との距離は縮まってきているのだろうか。

そんなふうにも感じられたが、彼の言葉によって、それは思い上がりだと知らされた。

彼は言った。

「でも、大人は信用できない。必ず裏切るから」

そして続けた。

「張江さんもそうにちがいない」

ずいぶん打ち解けてくれたようでも、やはり私は信用できない大人のひとりであったわけだ。想像で何かを言いたくはないが、彼の心の闇の深さを垣間見《かいまみ》た気がした。

大人は信用できない――。

そんな壁があったところが彼と私のスタート地点だった。

第一章

鬼畜の所業——北九州連続監禁殺人事件

逃亡中に生まれた「彼」

彼の両親が起こした事件について知らない人もいるはずなので、ここであらためて振り返っておきたい。

ただし、事件の全貌《ぜんぼう》を記していけば、それだけで一冊の本になる。今回、この本を著した目的はそこにない。あくまでも彼との時間、彼から聞くことができた言葉をまとめていくことが目的なので、事件についてはあらましを書いておくにとどめたい。

『追跡！平成オンナの大事件』を制作する際に独自の取材を行っているので、そこで得ていた証言なども加えていく。番組制作に協力してもらったノンフィクションライター豊田《とよだ》正義《まさよし》氏がまとめられた『消された一家――北九州・連続監禁殺人事件――』（新潮社）も参考にさせてもらった。事件をより詳しく知りたい方はこの本を読まれてみてもいいだろう。

一九八〇年……、いまから三十八年も前になる昭和五十五年の夏、短大の一年生だった緒方純子に松永太が電話をかけてきたことから二人の関係は始まった。携帯電話もなかった時代のことになる。

「君から借りていた五十円を返したいんです」

二人は高校の同窓生だったが、クラスが違い、ほとんど言葉を交わしたこともなかったという。松永の言葉にしたがえば、「卒業アルバムを見ていて、写真に目がとまった」ことから、かけた電話だったようだ。純子には五十円を貸した覚えなどはなかったが、松永が「近くに来ている」というので、そこへ行った。

このときは喫茶店で話しただけで終わり、次に会うのはおよそ一年後になった。

松永は高校卒業後に家業の布団販売店を継いでおり、個人商店を株式会社にするほど成長させていたが、のちに指名手配されることになるように詐欺商法を繰り返していたのだ。当時、高額の布団を買わされていた松永の高校時代からの友人は、我々の取材に応じて松永がいかに言葉巧みだったかを話してくれた。松永は、殺人鬼である前に〝生来の詐欺師〟だったのである。そのことが一連の事件の性格を形成している。

一方の純子は短大を卒業したあと、幼稚園の先生になっていた。子供好きで、誰に聞いても「まじめで地味」との言葉が返ってくるような女性だった。それでも、松永の話術にのせられた部分が大きかったのだろう。松永が妻とのあいだに子をつくっていたにもかかわらず、松永との関係を深めていった。

のちに純子は法廷でこう証言している。

「それまでに男女関係の経験はありませんでした。キスをしたのも性交渉を持ったのも、松永が初めてです」

松永の離婚を前提にして二人は結婚の約束をするが、少しずつ松永は純子を暴力で支配するようになっていく。

純子の胸にタバコで自分の名前の「太」と焼印し、太ももにも同じように刺青《いれずみ》をした。安全ピンと墨汁を使って彫りつけたのだから、痛くないはずはなかった。

それでも純子は「なんとかして松永に信用してもらいたい。松永に信頼してもらえないのは自分が悪いからだ」と思うようになっていた。

松永と不倫関係になったおよそ三年後、純子は幼稚園を辞めて、住み込みで松永の会社を手伝うようになった。本妻も住んでいた事務所ビルなのだから、それだけでも異常な構図だ。

その会社で松永は、社員たちも暴力で支配していた。

当時の社員たちは松永がトイレに行くあいだも直立不動でいて、戻ってくればおしぼりを渡すようにしていたそうだ。

その頃から松永は自作の通電器具で電気ショックを与えるという行為を繰り返すようになっていた。のちに複数の被害者を監禁して拷問を続けていた際にも、この〝通電〟が猛威をふるった。この通電は、ビリビリしびれるといったなまやさしいものではなく、電気が通る導線が残酷に肉を締めつけた。火傷《やけど》になることもあり、息ができないほどの痛みが全身に走る。気を失う者もいたという。

社員たちがなぜ逃げ出さなかったのか不思議に思われるかもしれないが、逃げ出せない状況に追い込んでいくやり方が巧みだったのである。「逃げたら、親のほうに請求がいくと思っていた」という証言もあるが、それでもさすがに逃げていく社員は出てきた。

本妻もまた、松永の暴力を受けており、やがて逃げ出した。そして警察にＤＶの被害申告をしたことから離婚が成立している。それによって純子は〝内縁の妻〟という立場になった。

その後、会社が傾きはじめると、松永と純子は知り合いやその親戚《しんせき》からそれまで以上に強引に金を騙《だま》し取るようになっていった。

この頃、純子も松永の指示によって自分の身内や知り合いに詐欺商法を仕掛けていた。だが、ついに二人は脅迫と詐欺容疑で指名手配されることになり、逃亡生活に入っている。

その頃、純子は自分が妊娠していることに気がつき、松永に反対されながらも、逃亡中に子供を産んでいる。

それが二人の長男である「彼」だ。

始まった虐待と殺人、そして死体遺棄

この頃から松永は、金づるになる人間を求めて、徹底して金をむしり取っていた。

相手のことを「金主」と呼んでいたが、松永の会社の元社員が最初の被害者だった。実家に送金を求めさせたり消費者金融から借用させたりするなどして、その元社員からは一億四千万円を超える金を得ていた。

ほかにも以前に交際していた女性などをターゲットにしていた。その女性は幸せな家庭

を築いていながら松永に未練があったのか……。夫と離婚することになりながらも一千万円以上の金を松永に貢ぎ、その末に飛び込み自殺をしている。刑事事件とはならなかったが、松永によって命を奪われた最初の犠牲者といっていい。

この後に松永は、直接的な最初の犠牲者になる山川さん（仮名）と出会う。

山川さんは、小倉《こくら》で松永がマンションを探していたときに仲介した不動産会社の営業マンで、当時の松永と同じ三十一歳だった。

最初は投資をもちかけるように接近していき、やがて共同生活を始めるようになっている。その際、山川さん側の事情もあり、十歳の娘も一緒だった。この少女はそれから十七歳になるまで、松永のもとを離れられなくなってしまう。一連の事件のカギを握る人物でもある。誰より長い時間を松永に奪われた被害者だといえる。

山川さんも最初は金主だったが、金の工面ができなくなっていくと、通電などの虐待を受けるようになった。虐待は暴力だけに限らず、食事、入浴、排泄《はいせつ》を制限するなど、人間らしい生活を奪っていくものだった。

そのあたりのやり口があまりにひどいことも、この事件の詳細が語られにくい理由のひとつになっている。虐待がエスカレートしていく以前に「弱み」を握り、服従せざるを得ない状況に追い込んでいくのが松永の手口だ。

次第に衰弱していった山川さんは、共同生活を始めて一年四か月後に死亡した。

死因は多臓器不全とみられるが、病死として扱うことはできない〝殺人〟である。

その遺体は、松永の指示を受けて純子が始末した。

バラバラに解体して鍋《なべ》で煮込み、ミキサーにかけて液状化してペットボトルに詰め、海などに捨てていたのだ。その作業には約一か月かかったという。当時、その真下の部屋に住んでいたマンションの住民は「一日中、ノコギリの音がしてたんです」と我々に語った。

松永はのちに、この死体遺棄のやり方について法廷でこう証言している。

「私は解体の企画・構成に携わり、プロデュースしました。設計士がビルを建てるのと同じです」「私の解体方法はオリジナルです。魚料理の本を読んで応用し、つくだ煮を作る要領でやりました」と。

要するに松永はその指示だけを出し、実際の作業は純子にやらせていたということだ。純子はこの後、これとほぼ同じ作業を何度となく繰り返していくことになる。

このとき純子は子供を身ごもっており、その作業を終えたまさに翌日、次男を出産している。それも信じがたい話だ。

山川さんの娘も、自分の父親を解体する現場に立ち会っている。

松永からは、彼女が頭を叩《たた》いたことから山川さんは壁に頭をぶつけて死んでしまったのだという「事実関係証明書」を無理やりつくらされていた。そのことから彼女には、自分の父親を殺害し、遺体の解体に加担したという意識が植えつけられた。事件が明るみに出れば、「自分も逮捕される」と思い込まされていたわけである。

山川さんの死後に松永は、山川さんの親友の奥さんに近づき、結婚を約束したうえで離婚させている。そして消費者金融で借り入れさせたお金を貢がせたりした果てにアパートの狭い部屋に閉じ込め、虐待した。

そのままの状態が続けば彼女が次の犠牲者になっていたかもしれないが、ギリギリのところで彼女は逃亡している。

一家六人の監禁と情動麻痺

そしてついに純子の家族である。

純子に対して松永は「俺ばかり金の工面をしてきたんだから、今度はお前が金をつくる番だ」と迫った。それで純子は母親に嘘をついて金を送らせていたが、いよいよそれも続かなくなると、ひとり大分県の湯布院《ゆふいん》に向かった。自分で働いて稼ぐしかないと考えたからだが、事実上、松永からの逃亡に近かった。

そこで松永は、純子の家族に対して山川さんのことを話し、殺害の主犯は純子だと言い含めた。純子の実家は地域の名家であり、家族から逮捕者を出すわけにはいかないと考えた。世間体を気にするところが強かったわけだが、そのこともあり純子に対する怒りを大きくしていた。純子の家族は、松永に協力して「松永が自殺した」と嘘をついて純子を呼び戻した。

純子が戻ってきたときには、松永の遺影が置かれたテーブルまで用意されていて、純子は、自分の父に促されて、松永の遺書も読まされた。

偽葬儀であり、すべてが芝居だった。

松永の遺書を読んで純子が泣き崩れていると、押入れを開けて松永が出てきた。

「かかれ!」と一家に命じて、純子に制裁を加えた。

純子に戻ってこさせるために嘘をついたのはわかるが、偽葬儀をやった目的はよくわからない。悪ノリのようでもあるが、純子の家族を自分の側に立たせて、まとめあげるためだったとも考えられる。

その後しばらく、純子の家族は頻繁に松永と純子が住むマンションに通うことになる。

・純子の父
・純子の母
・純子の妹
・その夫
・妹夫婦の娘（純子の姪《めい》）
・妹夫婦の息子（純子の甥《おい》）

の六人である。

純子の妹の夫は元警察官だが、そんな人間までも取り込んでしまったことからも松永の話術がいかに巧みで、その虐待がいかに抵抗しがたいものだったかがわかる。

最初は「殺人者である純子の面倒をみる」という名目でお金を要求し、純子の父たちはそれに応《こた》えざるを得なかった。そのうち純子の姪と甥を人質にとっているのに近いかたちになっていき、全員の同居生活に移っていった。

同居といっても、その頃にはもう純子の家族は松永の奴隷のようになっていた。

純子の父は、「もうこうなったら、松永さんにぶら下がって生きていくしかありません」と話していたそうだ。

山川さんがそうだったようにさまざまな制限が課せられ、事あるごとに「通電」が加えられた。手、足、顔面、乳首、陰部と、場所は問わない。

当時四歳の甥はかろうじて通電の対象にはされなかったが、九歳の姪は対象から外されなかった。その生活がいかにひどいものだったかの詳細はやはり書かないでおく。

凄惨《せいさん》きわまりないからだ。

やがてこの家族は、ひとりずつ命を奪われていくことになる。

それも松永は直接、手を出さず、お互いに殺し合うように仕向けていったのである。

そこで中心的役割を果たしていたのが純子だ。

拷問、殺害、遺体の解体と遺棄……。

自分の家族に対して、それを繰り返した。

長く暴力を受け続けたことなどによって、自分の意思をもてなくなり、あやつり人形のようになることを精神医学では「情動麻痺《まひ》」と呼ぶそうだ。まさしく純子はそうなっていたとしか考えられない。

呪われた犯罪。そして判決

一家殺害の経緯についても、大筋をまとめるにとどめておく。

家族のうち最初の犠牲者は純子の父親だった。

松永に代わって純子が通電している際に息を引き取ってしまったのである。死亡当時、六十一歳だった。その解体と遺棄は山川さんのときと同じように行われた。それも十歳の姪を加えるかたちで一家で行わせているのである。

次の標的は純子の母親だった（当時、五十八歳）。集中的に通電されるようになっているうちに「ああ、うう」と奇声を発するようになっていた。それで松永は、「奇声のために通報されたらどうする」と純子に迫った。

純子の出した結論は〝殺すしかない〟というものだった。

松永の指名をうけた純子の妹の夫が中心となって、殺害は実行された。電気コードを使った絞殺だった。その遺体はやはり同じように解体、遺棄されている。

次にはやはり「おかしくなってきた」ということから、純子の妹を殺害することが決められた。それもまた彼女の夫に絞殺させている。このとき純子は「妹は松永の子供を妊娠していたのではないか」と考えていたというが、実際にどうだったかはわからない。

殺される間際に純子の妹は、夫の名前を呼んで、「わたし、死ぬと？」と聞き、夫は「すまんな」と答えていたという。

次にはその夫が息を引き取ることになるが、こちらは通電や食事制限などで体調を崩していったことがもとになる衰弱死だった。衰弱死だったといっても、山川さんのケースと同じように〝殺人〟である。

純子の妹は当時三十三歳、その夫は三十八歳だった。


ここからさらに松永は鬼畜の顔をあらわにしていく。

純子の姪に対して「もし実家に帰りたいなら、弟を殺したほうがいいんじゃないかな」というように言葉で追い込んでいったのだ。

そして純子に手伝わせながらも、彼女自身に幼い弟を絞殺させている。その際、彼女は「お母さんに会いたい？　お母さんのところに連れていってあげるね」と言っていたともいう。この弟もやはり、同じように解体、遺棄されている。

そんなことをさせられたこの姪は、その後、通電の標的にされ、「告げ口するんじゃないのか」と言われ続けた。そしてこの子が衰弱していき、自分で最期を覚悟するようになった頃、純子と山川さんの娘に絞殺させている。純子の甥は死亡当時五歳、姪は十歳になっていた。

ただし、山川さんの娘は、自分が首を絞めたときにはすでにこの子は息を引き取っていたと証言している。真相はわからない。

いずれにしても、およそ半年のあいだに家族六人が殺されたのである。

その後に松永はまた別の金主を見つけ出し、金を搾り取っていたが、「このままでは殺される」と考えた山川さんの娘が逃げ出した。このときの彼女が十七歳だ。

彼女の告発から事件が発覚し、松永と純子の逮捕につながっている。それが二〇〇二年三月のことになる。

松永と純子に対しては、ともに第一審で死刑判決が出されたが（二〇〇五年九月）、控訴審で純子の死刑判決は破棄され、無期懲役判決が言い渡された（二〇〇七年九月）。

二〇一一年十二月、最高裁では松永の死刑が確定している。

『消された一家』を著した豊田さんも、純子には「死刑になってほしくない」と考えていたそうだ。裁判を傍聴していた記者や作家にも同じ考えになっていた人は少なくなかったという。純子は誰よりもその手を血に染めた加害者であるが、純子もまた〝被害者のひとり〟であるにはちがいなかったからだ。

純子が事件のすべてを正直に話そうとしたのに対して、松永は裁判中、悪ふざけともいえるような発言を繰り返していた。先に挙げた死体の解体に関する証言からもそれはわかる。

豊田さんはこう話す。

「松永は、法廷の態度がひどかったですね。とにかく漫談のようにして、冗談めかしたような話を証言台でぺらぺらしゃべるわけですよ。非常に不謹慎なんですけど、傍聴席で笑う人も多かったんです。松永の話につられて、思わず吹き出してしまう。それくらいおもしろおかしくストーリーをつくりあげてね。自分には何も責任がないって（いわんばかりでした）。ただ、ふっと冷めると、それはもう死刑判決になるかもしれない凶悪殺人鬼なわけでしょ。そのギャップたるや寒々しいものがありました」

豊田さんは、純子と手紙のやり取りもしていて、純子から届いた手紙の一部も見せてくれた。美しい字で書かれ、相手の体調などに対する気遣いも忘れないような手紙だった。

控訴審の一年後に届いたという手紙にはこう書かれていた。

「ご遺族の方々や子ども達には〝生きている間にできること〟をとにかく、手探りでも自分の気持ちを伝えて行こうとは思っています」

「私が犯した罪はとても重い、そのことを痛感しています。この世での免罪符などありませんけど、与えられた時間の中で身を削るように生き、できるだけ何も残さず死んで行きたい」

「ようやく松永から離れることができ、自分らしく生きる時を与えてもらったことへの感謝を抱いています。だから、陳腐な言葉と思われるかもしれませんが、私は自分の人生を生きてみたい」

あなたにならば会ってもいいですよ

事件の要点を知るだけでも、いかに残虐で非道なものだったかがわかるはずだ。起訴をした検察側も、当初から「鬼畜の所業」と表現していたほどである。
この事件について連載していた新聞社に対しては「朝から気持ち悪くなる記事を読ませるな！」というクレームがあったという。『消された一家』を読むことでトラウマをつくってしまった人もいるそうだ。
『追跡！平成オンナの大事件』の放送後にもフジテレビに次のようなご意見があった。
「洗脳して殺したなど、ゴールデン枠で放送するような番組ではありません。見た人が幸せになるような番組をつくってください」（六十代男性）
「こんな番組を放送するから事件が減らないんですよ」（五十代男性）
「こんな不愉快な番組は放送しないほうがいいと思う」（七十代男性）
フジテレビのホームページにも「子供が見る時間帯に放送する内容ではないと思います」、「番組を見てすごく気分が悪くなりました。こういうのを見て真似をする人が出るんじゃないかと思います」といった批判意見が数十件あった。
「残酷な殺害の再現シーンは見たくなかった」という意見もあった。

そういう性質の事件だったからこそ、メディアは自主規制したわけだ。そのため、この事件の詳細が語られることは少なかったのである。

私がこの事件を番組で取り上げたことにしても、実際のところ、どんな事件なのかよくわからないというのが正直な感想だったからでもある。

〝稀代《きたい》の殺人者、松永太とはいったい何者なのか？〟

〝内縁の妻である緒方純子は、なぜ逃げることもなく松永の指示に従い続けたのか？〟

二人の正体に迫ることで、これまで語られてこなかった部分を視聴者に伝えたかった。

そこで私は、信頼するディレクターである荒井《あらい》ちさえに取材や撮影までのすべてを託した。これまで、どんなに取材が難航しそうな件についても、脚で稼ぎ、相手との人間関係を築いて何かをとってきた敏腕ディレクターだ。

加害者や被害者の遺族にも取材することになるが、相手の感情には十分配慮しなければならない。その点でも荒井ディレクターならば安心して任せられた。

この番組で実際に遺族にはどのようなアプローチをしたのかも包み隠さず記しておく。

（1）最初の犠牲者である山川さん（仮名）の遺族

まず最初の犠牲者となった山川さんの遺族に取材を試みた。山川さんが監禁される前に離婚していた元の奥さんの消息は摑《つか》めなかった。だが、山川さんには内縁の妻がいたことがわかった。荒井ディレクターは、その人に接触し、番組の趣旨を説明してインタビュー取材に応じてもらっている。

（２）事件発覚に導いた少女

彼女は山川さんの娘であるため、内縁の妻を通じて取材交渉を続けた。しかし、彼女への接触はかなわなかった。内縁の妻は少女とは血はつながっていなくても、守りたい気持ちが強かったようだ。「彼女の傷は癒《いや》されていないから、そっとしておいてほしい」との言葉もあった。事件のほぼすべてに立ち会うことになってしまった少女も三十二歳か三十三歳になっている。

（３）緒方純子の叔父《おじ》

純子の親戚にも当然、アプローチはしている。最初の犠牲者である山川さんを除く六人の死者は誰もが純子の家族になる。妹の夫を除けば血もつながっている。純子の親戚はすなわち、被害者遺族にもなる。父方には二人の叔父がいたが、荒井ディレクターはそのうちのひとりに接触した。そして、事件を番組化する旨を伝えたところ、「そんな番組は放送してほしくないし、何も語りたくない」との言葉を返された。

（４）松永の家族

松永の両親と実姉にも接触を試みようと全国各地を回ったが、結局、所在は摑めなかった。

（5）緒方純子の二人の子供

最後の最後まで取材を行うべきかどうかと悩んだのが、松永太と緒方純子のあいだに生まれた二人の息子だ。両親の逮捕時、長男は九歳で、次男は五歳だった。結局、私の判断で、二人の息子に接触することをやめるようにと荒井ディレクターにお願いした。そっとしておいてあげたいという理由からだった。

だが、結果として、その長男のほうから連絡があったわけだ。

番組の責任者である私に対して、彼がまず言いたかったのは純子の叔父と同じで「こうした番組は放送してほしくなかった」ということだった。

事件が終わってからどれだけ時間が経とうとも、このような放送があるたび、世間の人たちは事件を思い出す。それによって遺族は好奇の目や冷たい目を向けられることもあるわけだ。周囲の人間もそうだが、すれ違ったこともないような人間から一方的に非難されることもある。現代のネット社会ではとくにその傾向が強い。〝姿なき声〟は容赦なく犯人の家族までを追いつめていく。

「大人は信用できない。必ず裏切るから。張江さんもそうにちがいない」

彼にそう言われたときには返す言葉がなかった。

それでも彼は、私と電話で何時間も話しているうちにマイナスばかりではない何かを感じてくれたのかもしれない。

「LINEもできるようにしておきたい」というので、それに応じた。

LINEでつながったといっても、基本的には単なる連絡手段だ。依然として彼とのあいだには相当な距離があるのを感じていたし、その後も馴《な》れ馴れしいやり取りなどはしていない。ただ、この頃になると私も、仕事上の関わりという意味だけではなく、とことん彼に付き合っていきたい、と考えるようになっていた。

そうして途切れずにやり取りを続けていた。

最初の電話から一週間ほどが過ぎた日の電話で、突然、彼は言った。

「俺、張江さんに会ってもいいですよ。あなたは変わったおじさんだから」

思いもよらない言葉だった。

初めて彼と会った北九州空港

二〇一七年六月二十九日。最初に電話を受けたときから二週間が過ぎていたその日に、私は日帰りで北九州へ行くことにした。

会ってどうする、何を話そう、といった約束をすることもなく、北九州空港で彼に会うことにしたのだ。

日帰りにしたのは、翌日の朝に外せない仕事があったからだ。夕方の便で北九州に飛び、空港内のレストランで話をして最終便で帰京する。二時間以上は彼と話せる計算だった。電話では最初からそれくらいの時間の話をしていたが、電話で話をするのと、直接会うのとではまるで違う。

実際に会ったなら、どのように接して、何を話せばいいのか？

会おうと決めるときにも緊張している自分がいたが、その時が近づくにつれて緊張は高まり、不安に駆られていた。

このときまで、彼のクレームというか、主張や要求に対して、返事らしい返事はできていなかった。それについてどうするか？

飛行機の中でもあれこれ考えをめぐらせていたが、答えが見つけられないまま、人工島にある北九州空港に着いていた。

切っていたスマホの電源を入れると、彼からＬＩＮＥにメッセージが入っていた。

「三階の喫煙所で待ってます」

急ぎ足で向かう私はドキドキしていた。きっと彼も同じような感覚だったと思う。そして私たちは、喫煙所で目を合わせた。お互い名乗る必要なんてなかった。スーツ姿の彼は、黙ったまま私に缶コーヒーを差し出し、笑顔を向けてきた。

これが私と彼との出会いの瞬間だった。

不思議と初めて会うような気はしなかった。

一応の挨拶《あいさつ》を交わしたあと、同じフロアにあるレストランに移った。

レストランに客は私たちしかいなかったので声を潜める必要はなかった。

彼が食事はいらないというので飲み物だけを頼んで話を始めた。

最初の電話で彼は「どうして番組の放送前に自分を探そうとしなかったのか」、「二度とあの事件を取り上げないと約束してほしい」と言っていたわけだが、それについてこちらの姿勢を問い質《ただ》すようなことはなかった。

このとき話をしているなかで、彼にはこれまでの人生について、なんらかのかたちで世に伝えたい気持ちがないわけではないのを感じた。はっきりとそういう意思を示したわけではなく、そうするのはどうなのかという考えが頭の片隅にあるのが感じられたということだ。

私のほうでも彼に会うことを新しい番組の制作につなげようとする発想はなかった。そのため彼には「キミの思いを伝える方法はないか、知り合いの出版社に聞いてみようか。よければ紹介できると思う」と提案してみた。

すると彼は「紹介はしてほしいけど、そのときは張江さんもいてくれる?」と聞いてきた。もちろん私は了承した。

私にも同席してほしいというのはやはり大人に対する不信感のためだろう。私に対しても、この時点でも全面的に信用してくれていたわけではない。彼は何度も「張江さんは裏切らないよね」、「人間なんてわからないから」というような言葉を口にしていた。

慎重で猜疑心《さいぎしん》が強い性格だといえなくもないが、過去の経験がそうした警戒心をつくりだしていたにはちがいなかった。無理もないことだ。

私の中では、彼のことをもっと知りたい、これまでの人生にどんなことがあったのかを聞きたいという気持ちが強くなってきた。その思いが口から出たのかどうだったのか……。そのあたりのなりゆきははっきり覚えていない。

だが彼は、「張江さんなら、インタビューに答えてもいいですよ」と言ってくれたのだ。「あなたにならすべてを話せると腹を決められた」とも続けた。

嬉《うれ》しい言葉だったが、その時点ではまだ私のほうに迷いがあった。

彼のインタビューを撮影したとして、どの番組枠で、どういうかたちで放送する方法があるのか？

事件が明らかになってからすでに十五年が過ぎていて、前回の放送でもこの事件に対しては視聴者からの拒否反応も示されていたのが現実だった。

そのためインタビューに応じてくれたとしてもそれを番組にするとは約束できなかった。

その日はそれで別れて、私は東京に戻った。

やるしかない！　やらせてほしい

羽田《はねだ》空港に到着したすぐあと、携帯に電話があり、番号で彼からだとわかった。

こちらがどうするべきかを決められずにいるうちに彼の気持ちが変わってしまったのだろうかと思いながら電話に出ると、彼ではなく、くすくすと笑う女性の声が聞こえてきた。

えっ⁉　と驚きはしたが、もしかしてと思って私は聞いた。

「奥さん？」

「そうです！」

「はじめまして。彼と仲良くしてる？」

「はいっ！」

実をいうと、彼が結婚していることは空港で教えてもらったばかりだった。それで彼はこんないたずらを仕掛けてきたわけだ。意外と茶目っ気もある。

その後しばらくしてから、彼からＬＩＮＥが届いた。

「今日は、東京から来てもらって申し訳ない。俺の話に親身に接してもらえて久しぶりにスッキリしました。裏切らないでください。大丈夫だと思いますけど。夜分遅くにすいませんでした」

こちらに対して親しみを感じてくれたからこそいたずらを仕掛けてきたのだろうが、そのあとのＬＩＮＥでもなお、「裏切らないでください」と書かずにいられない。その心中を思うと、胸が痛んだ。


彼は、松永太と緒方純子の子として生まれている。

その両親は九歳のときに逮捕され、そこから先は頼れる身寄りもなく生きてきた。成長していくにつれ、両親が何をしたのかも理解していき、周囲からはさまざまな言葉を聞かされていたのは間違いない。

報道規制が敷かれたことで、事件の詳細を知る人がそれほど増えなかったとはいえ、そのまま風化はしなかった。あたかも風化をさせまいと図るかのように、この事件をモチーフにした小説やマンガなどは世に送り出されていた。

豊田正義さんの『消された一家』の中でも、彼が登場している場面はある。彼にしても、犯罪が行われていた場所から完全に隔離されていたわけではないのである。そういう作品が世に出てきたときに彼にはどんな声が浴びせられ、何を思ってきたことか。

そしてこのとき、ダメ押しのように特番が放送され、どれだけ憤ったことか。

その彼がインタビューに応じる意思を示しているのに、こちらがためらっている場合ではないと思った。

前回の番組が視聴者に受け入れられなかったからといってそれが何なのか。

テレビ局側の都合ばかり考え、躊躇《ちゅうちょ》する自分が情けなくなってきた。

どういうかたちで放送するかといったことに迷ったりしていないで、自分がチーフプロデューサーを務めている『ザ・ノンフィクション』で放送すればいい。そう決意した。

ここで簡単に自己紹介をしておく。

私は現在、五十歳になる。フジテレビで毎週、日曜日の午後二時から放送しているドキュメンタリー番組『ザ・ノンフィクション』のチーフプロデューサーを務めている。

フジテレビに入社して十三年が経とうとしているが、大学卒業後には日本放送協会（NHK）に入局していた。報道番組のディレクターとして、政治や官僚、戦争や社会の問題など、お堅いテーマを扱うことが多かった。NHKでは『クローズアップ現代』や『NHKスペシャル』を担当していた。NHKスペシャルの「調査報告　日本道路公団～借金30兆円・膨張の軌跡～」や「イチロー　新記録を語る～262安打・心の軌跡～」では賞もいただいた。

その後、心機一転、NHKを退局してフジテレビに入社した。最初は朝の情報番組『とくダネ！』などを担当していたが、上司に相談して『ザ・ノンフィクション』に移った。私にはそのほうが合っていると思ったからだ。ディレクターからスタートしてチーフプロデューサーになっているので、自分自身で現場を担当した回も多い。

気がつけば、NHKでもフジテレビでもドキュメンタリー一筋で生きてきた。

だからといって、五十歳という節目の年にこんな出会いがあるとは考えてもいなかった。

何かの導きのようなものだったのかもしれない。

やるしかない。

そう思って彼には、ぜひインタビューをやらせてほしいという気持ちをＬＩＮＥで伝えた。彼にはもう迷いはなくなっていたのだろう。まもなく承諾のＬＩＮＥが返ってきた。

記憶があるときからの話をします

前回の北九州行きからは三週間が過ぎた七月二十日の夜、北九州空港で彼と再会した。番組の具体的な打ち合わせをするのが目的だった。到着するなり私は、三階にある喫煙所に向かった。

彼はひとりでいた。初対面のときのようなスーツ姿ではなく、Ｔシャツにパンツというカジュアルな姿になっていた。

私たちはやはりレストランに移った。

「仕事は忙しい？」と彼のほうから切り出してきた。

「まあまあかな」

「張江さんもちゃんとサラリーマンしてる？」

タメ口が増えていたのも私たちの関係性の変化といえるのだろう。たわいもない会話を少し続けたあとで、インタビューの番組化についての話を始めた。

「いろいろ考えてみたんだけど、僕が担当している『ザ・ノンフィクション』で放送したいと思う。キミがどんな人生を送ってきたのか、すべて話してもらいたいんだ」

「俺の人生なんて観てもらえるのかな」

「それは、やってみないとわからないよ」

その時点でも不安がなかったわけではない。

『ザ・ノンフィクション』という番組は、波瀾万丈《はらんばんじょう》の人生を送る人たちの完全密着ドキュメントである。ディレクターが各週の主人公につきっきりで撮影するのが常になっている。だが、私がやろうとしているのは、名前も顔も出せない青年のインタビュードキュメントだ。基本的に映像に動きはない。

それでは、いつもの『ザ・ノンフィクション』を楽しみにしている視聴者を裏切ることになるのではないか？

そんな疑問もあったので、彼との二度目の対面を果たしながらも、頭の中ではさまざまな考えが渦巻いていた。

しかし、彼のほうではすでに腹は固まっているようだった。インタビューの段取りについて相談しているなかで彼は「自分の声を変えなくてもいい」と言ったのだ。

驚くべきことだった。できれば声は変えたくないとお願いしたのは私のほうだったが、正直いって、受け入れられるとは思っていなかった。

顔を隠すのは仕方がないことであり、それを望む気持ちはなかった。しかし、ニュース番組などの証言でよく見られるようにボイスチェンジャーを使って機械的に声を変えてしまうと、感情の起伏や揺れが伝わらない。

声が主体となる番組構成でありながら、そうなるのは厳しい。かといって声を変えずに放送すれば、職場の同僚など、身近なところで彼を知る人たちには彼がそうだと特定されてしまう可能性もある。それは避けたいことだったので、声を変えない提案をすること自体、私は悩んだのだ。

だが彼は、この提案を受け入れてくれた。覚悟がなければ、決断できることではなかったはずだ。その返事をもらったことで、こちらも覚悟を決められた。

だから私は、前もってどんな部分まで話せるかを確認しておくなどして、番組づくりの担保をとるような話し合いをするのはいっさいやめることにした。

「キミの二十四年間の人生をたった一時間で放送するのは足りないような気がするんだ。だから二回に分けて放送しようと思う」

「そんな約束をしてくれて大丈夫ですか？　そんなに時間がもつんでしょうか？」

彼は驚き、やや不安そうな顔ものぞかせた。

「やってみないとわからないじゃないか」

私が言うと、彼は力強くうなずいた。このときから『ザ・ノンフィクション　人殺しの息子と呼ばれて…』は動き出したのである。

インタビューは、二回に分けて行うことにした。

インタビュアーとしての私の集中力がどこまで持続するかという問題もあったが、それ以上に意識したのは彼のほうだ。これまでの記憶を丁寧にたどってもらうことを考えれば、一回のインタビューですべてを撮りきろうとするのはリスクが大きい。駆け足になってしまうようなことは避けたかった。

彼が、どんな話をどこまでしてくれるか、まったく予測がつかなかったので、番組を制作する責任者としては不安にならざるを得なかった。それでも、空港で会ったとき、その部分をあえて確かめなかったようにその後も確認はしなかった。

どんな質問をするかも事前に伝えておかず、彼もまたそれを聞いてこなかった。

いま思えば、その時点で私と彼は、それぞれに覚悟を決めていたわけだ。

いっさいの不安がなくなったといえば、嘘になる。

そんな中にありインタビューが目前に迫ってきた頃、彼が送ってきてくれたＬＩＮＥが私にとっては支えになっていた。

「生まれて記憶があるときからの話をします。話しているあいだに聞かれたりすれば思い出すこともたくさんありますし、当時を振り返っていまならわかることも見つかると思います」

第二章　「消された一家」の記憶

気持ちのスイッチとカメラのスイッチ

インタビューは北九州市内のホテルの一室で行うことにした。

二〇一七年の八月二十一日のことだ。

その日が近づいてくると、彼から電話があった。

何かと思って話を聞いてみると、「インタビューの前に会ってもらいたい人がいる」ということだった。その相手は田中敏夫さん（仮名）という方で、後見人として面倒を見てもらってきたのだという。

テレビのインタビューを受けると聞いて心配になったのだとすれば、番組を止めようという考えなのかもしれない。そんなことも懸念されたが、拒むわけにはいかない。撮影前にホテルで会うことを約束した。

当日、彼は田中さんを伴い、ホテルの部屋に現われた。そのときにも私は、撮影に反対される可能性を考えていたので、カメラマンにはセッティングを進めてほしいとお願いした。これみよがしのやり方だったが、その日そのホテルで撮影することはすでに決められていて中止にはできないと示したかったからだ。

だが、少し話をしてみて、そんな心配は必要ないのがわかった。

現在、北九州市内の公立中学で校長をしているという田中さんは明るく気さくな人で、芯《しん》のしっかりした教育者に見えた。

私は、なぜこの先生は彼の後見人になったのだろうかという興味を抱きながら、今回の番組の趣旨を説明した。私の説明にしっかりと耳を傾けてくれ、インタビューに反対するようなことは何ひとつ言わなかった。後見人として、テレビというメディアが彼を喰《く》いものにしようとしていないかを確かめたかっただけかもしれない。

「彼も二十四歳になっているわけですし、本人の決断を尊重したいと思います。彼の気持ちが伝わるような番組づくりをぜひともお願いします」と頭を下げられた。

インタビューに立ち会いたいのかとも思っていたが、「あとはよろしくお願いします」と客室から引き揚げられた。

短い時間だったが、この日、この人に会えたことは私にとってはかえってよかった。これから始まるインタビューがひとりの青年の人生を左右するかもしれないということをあらためて感じて身震いしたし、気持ちにスイッチが入った。この日の私は、プロデューサーとしてではなく、インタビュアーとして彼と真剣勝負のぶつかり合いをすることになるのだ。

彼にピンマイクをつけながら、私は聞いた。

「事件の記憶について聞くのと、九歳で保護されたときからの人生について聞くのと、どっちからがいい？」

「どっから話したほうがいいかなあ。また変なこと、思い出しちゃったりするのかなあ」

それについて彼は、すぐには決められなかった。どちらでもいいといえばそうだったのかもしれないが、話しているうちにさまざまな記憶が甦《よみがえ》ってくるとするなら、それが自分の心にどう作用するのか。

そのメリット、デメリットを考えていたのだろう。難しいところだった。

撮影が近づき、私も緊張していたが、彼のほうがそれ以上に緊張していたはずだ。

そのままカメラのスイッチが入れられ、インタビューは始まった。

「お前は本当の息子じゃない」と言われたこともあった

最初に何を聞くかと悩みながらも、私は切り出した。

「最初の質問なんですけど、ものごころがついたのは何歳頃か覚えていますか？」

それに対して彼は答えた。

「小学校一年か二年くらいですかね。それなりにこれはこうやったんや、ああやったんやというのを覚えているのは。それ以前の漠然とした記憶はあるんですけど、お話しできるのは、小学校一年か二年くらいのときからだと思います」

インタビューを進めていくなかで、彼が小学校一年生や二年生になったことがないのがわかるが、それくらいの年齢だということだ。六、七歳くらいということになる。

北九州市内のホテルでインタビューははじまった

――ものごころがついたとき、どんなところに住んでいたという記憶はありますか？

「まぁ、ある程度は……」

――具体的に教えてもらえますか？

「とりあえず、段ボールがものすごく多かったですね」

――それは一戸建て？　マンション？

「えっと、マンションですね」

――段ボールが多かったというのはなぜですか？

「全部は見たことないんですけど、当時、父親が俺に自慢げに話したり、見せてきよったのは、息子さんの……前の奥さんとのあいだの息子さんの思い出の品だったんですけどね。野球とかをやってたみたいで。〝こいつ（前妻との長男）は出来がいいけどお前は出来が悪い〟っていうのは、ちょいちょい言われていました」

◇

　彼の言葉に関しては、活字として読みにくくならないように最低限の調整をするのにとどめておき、できるだけナマの言葉のままにしておきたい（活字にすると伝わりにくい方言も多かったので、その点は読みやすくしている）。

彼は松永太のことを「父親」「親父」と呼んでいた。とくべつ使い分けているわけではないのだと思う。親父などというと、親しみを込めた呼び方のような印象を受けるかもしれないが、そういう感情はおそらくない。他に呼びようがないのでそう呼んでいたに過ぎないというのが私の印象だ。

松永は、緒方純子と男女の関係になっていく過程において、別の女性と結婚して子供をつくっていた。

松永と純子が高校を卒業後、再会したのが一九八〇（昭和五十五）年で、松永が別の女性と結婚したのは一九八二年だ。その翌年、その女性とのあいだに長男が生まれている。

一九九二年に離婚が成立しているので、九年ほどは松永はその子の父親だったことになる。純子が自分の長男である彼を産んだのは一九九三年一月なので、前妻の長男と彼とのあいだに接点はない。

段ボールの話をしているうちに思い出したのか、彼は付け加えた。

「パラパラマンガってわかりますか？　当時、俺には何も楽しみがなかったんで、それにものすごく感動してたんですね。ずうっとそれで遊んでいて、あるとき親父がそれを隠したんです。子供心にちょっと反発して〝出してくれ〟って言ったんですけど、そのときに〝お前は本当の息子じゃない〟みたいなことを言われたんですよね。そこらへんは漠然とした記憶しかないんですけど」

子供にとってはつらい言葉だ。松永は前妻の長男のことをずいぶんかわいがったのに、彼には冷たく当たったようだ。少なくとも彼はそう感じていた。

「俺はなんか邪魔みたいな存在やったと思うんですよ。保護される直前によく言われていたのが〝お前さえいなければ純子と別れられる〟ということで。何十回、何百回、言われたかなっていうくらいずっと聞かされていて。（そうすると）だんだん、自分がおることが悪いんやなって思えてくるんですよね」

彼の記憶は間違っていない。逮捕が近づいていた頃の状況として、純子もそれに近い証言をしている。

松永からは「お前と子供たちがいるから迷惑なんだ。お前たちがいなければ、山川さん（仮名）に成りすまし、山川さんの娘と生きていける」と、繰り返し言われていたらしい。それだけではない。松永から純子は「お前の子供なんだからお前が始末しろ。そのあとにお前も自殺しろ」と言われたことがあったのだという。

もしそれが実行されていたなら、いまこうしてインタビューに答えてくれている彼もまた、〝消された一家〟のひとりになっていたわけだ。

その一方で松永は、子供たちに対して、純子がいかに悪い母親であるかを吹き込んでいて、「俺も純子に殺されるかもしれない」とほのめかしていたという。

純子にとっては、子供たちと心中することが、むしろ「望み」にもなっていた。だが、松永にそう言い含められている子供たちからは敬遠されていたため、子供たちを連れ出すことができず、心中を実行できなかったと証言している。

「彼」もまた虐待を受けていた

彼の記憶の中では「ふたつの家があった」という。

たしかにこの頃は、松永のアジトともいえるマンションがふたつあり、状況に応じて松永や純子、その子である彼と弟、監禁されている人たちは二か所に振り分けられた。

そのアジトでは、松永が完全なる〝支配者〟になっていた。

松永は、誰かを監禁すると、通電で恐怖を与えるとともに、食事などの制限を加える。それが決まったやり方になっていた。一日の食べものが食パン四枚だけというようなことが珍しくなかったが、〝実の子〟である彼も、そんな虐待生活と無縁ではなかった。

「食パンを渡されて、この一枚で一日どうやったら生活できるか考えろって。朝昼晩、ご飯が三食あるっていうのは知っていたんで、三分割するしかないなって。そうやって食べてたこともあったんです」

いくら子供であっても、それでお腹がふくれるはずはない。それでも彼は「ご飯を与えてもらっている」「食べさせてもらっている」「こんなに出来の悪い自分なのに」という感覚になっていたのだという。理不尽きわまりないことだ。

だが、その当時の彼は、「親父の言うこと、やることに間違いはなく、正解なんだ」と考えていた。それが〝彼にとっての常識〟になっていたからだ。

信じがたいことには、通電もやられていたという。テレビのリモコンでチャンネルを変えたときにひどく怒られ、それでやられたのが最初だったと記憶している。

「導線を巻きつけたクリップを体のどこかに取り付け、電気を流すんですけど、俺は顔と手と足にされたことがあるんです。とにかく早く終わってほしかった。ものすっごい痛いんですよ。最初は十何秒とか、当たり前にやられてたんですけど、それがやりすぎだと思ったんでしょうね。そのうち回数でやるようになったんです。だいたい平均六回でした。一回の出来事に対して六回です。あいつの機嫌を損ねたら六回、その場でやられる。すぐ〝アレ、持ってこい〟って。誰も反抗しないんですよね。こいつがそう言うなら、そうせないけんっていうような。それが当たり前、それが正当化されたような本当に変な空間やったんです。当時、俺もそこにいたはずなのに、それがおかしいとか思うこともなく、当たり前やとなっていて。この人を怒らしたけ、そういうことされるんやっていう……。いま考えたらゾッとしますけどね」

どんな目に遭ったときにも病院に行った記憶はないという。監禁されていた人たちも病院に行かせてもらうことはなかったが、彼が病院に行けなかったのには別の理由もある。

彼には戸籍がなかったのである。

松永と純子は、市役所に出生届けを出していなかったのだ。

だから彼は、学校に行くこともできずにいた。

「テレビではたしか『さわやか3組』という番組をやっていて。それが学校だということは聞かされていました。父親から〝お前も行ってみたいか〟と聞かれて〝行ってみたい〟って答えたんですけど、それに対しては何も返してもらえませんでしたね。テレビの中に学校（や家庭）があっても〝ヨソはヨソ、うちはうち〟って言われていたので。まあ、そうなんやろなあって。俺の中でもそれが常識になっていたんです」

保護された段階で九歳だった彼は、それまで学校の教育を受けたことがなかった。ひらがなやカタカナくらいまでは家で教わっていたのだという。

「だから、漢字ってのは最初、全然わからなくて。俺の中ではひらがなやカタカナが唯一の言葉、文字だったので。それでずっと生きていたじゃないですか。外に出てから、漢字があるんだよ、英語があるんだよ、と言われたときには理解できなかったんですよ。なんで、これがあるのにそれを使ったらいけんのかなって。ひらがなとカタカナでも相手に伝わるし、話もできるわけやないですか。俺の中では考えがすごい固まっていて、英語やら漢字っていうのが理解できなかったんですよね。

新聞や雑誌ですか？　それはありました。あるんだけど、読めないんで。写真なんかはわかりますけど、記事を見ていても、ひらがなのところしか読めないからつながらなかった。それがまともやなかったというのは、学校に行きだしてから気がついたんです」

普通では考えにくい幼少時代だ。

一般の常識から逸脱していたのはそれだけではない。

彼はこの頃、「お前の名前は三つある」と教えられていたのだという。

◇

――名前が三つというのは、そのうちひとつが本名ですよね。

「はい。それと、ウソの名前、偽名がふたつありました」

――それをどういうふうに使い分けろという指示はあったんですか？

「知らん人に会ったら、その名前を言えって言われていました」

――本名じゃないふたつめ、あるいは三つめということですよね。

「それを弟と揃えて言うように言われてました」

――その名前はいまも覚えてますか？

「一個だけは覚えています」

――名前が三つあるということは疑問に思わなかったんですか？

「思わなかったですね、そう言えって教えられていたからそう言うしかないんやって」

◇

このように異常を異常だと認識できていなかった幼少期を過ごしたわけだが、両親が逮捕され、彼が保護されたときに、彼は世間とのギャップを知ることになる。

警察から名前を聞かれたとき、松永に言われていたように偽名のひとつを答えたが、「そうじゃないだろ」と返されたのだ。

同じようなことはその後も続いた。

「施設の職員に別の名前を言うと、〝そうじゃないだろ、本当の名前があるやろ〟って言われるんですけど、本当の名前はやっぱりなかなか言わなかったですもんね。離れて保護されてからも、俺のなかでは親父が絶対だったからです」

自分の常識が非常識だったと、あとで気づいた

彼が暮らしていたマンションには、天井にドーム型のカメラがついていて、常に行動が見張られていた。

彼自身は、はっきりと記憶していないようだが、そこで見張られていたのは彼というよりも監禁されていた人たちだったのだろう。

「どこかから親父が帰ってくると、それで撮っていた映像を観て、何をしていない、できていない、とか言うわけです。このときは、部屋の中にカメラに映らない場所があったんですよ。だから、何をするにしてもそこら辺（カメラに映るところ）でしろって言われてたんです。でも、たまに忘れていて、全然違うところで話したりするじゃないですか。遊んだりとか。まあ、遊び道具も何もないんで手遊びとかそんなんして遊んでたんですけど。

帰ってきた親父にそれを知られると、ものすごく怒られて。叩《たた》かれて、通電されて、ってことの繰り返しでした。（誰かが通電されているようなときでも）あいつは、目の前でめちゃくちゃおいしそうなご飯を食べたりしてたんですけどね」

◇

――お父さんの食事って、どんなものでしたか？

「刺身とか寿司《すし》とかステーキとか……。ちょっと贅沢《ぜいたく》なご飯ですよね。お酒もよく飲んでいました」

――それをそばで見ていたわけですか。おいしそうだなとか思いながら。

「見てたんでしょうね。俺たちはいつもと変わらんご飯なんですけどね。インスタントラーメンとか。栄養がないからどうのこうのって言って、たぶんラードだと思うんですけど、脂を入れたのを食べさせられてました。全然おいしくないんですけど」

――夜にはお父さんがいて、お母さんもいたんですか？

「そうですね。まあ、いないほうがよかったんですけど」

――お父さんとお母さんがどんなことを話していたかというような記憶はありますか？

「いちばん印象に残っていることはあんまり話したくはないんですけど……。話せる範囲でいいですかね？」

――はい、もちろんです。

「寝てたんですよね、俺と弟が。父親と母親が話をしていて、母親に対して〝いいんか、起こすぞ〟って言うんですね。それで母親は〝いや、それだけはやめて〟みたいな会話をしていて。そんとき言ってたのが〝寝たふりをしとるときは手が拳《こぶし》を握っている。本当に寝てるときはパーになってる〟っていうようなことだったんです。それが印象に残っています。

そのとき何をしよったんかというと、たぶん性行為だったと思うんですよ。それを息子の俺たちに見せるぞっていうのを楽しんでいた感じがするんですよね。じゃないと、ああいうことを言わないと思うんです。当時、そういう知識は全然なかったですけど、俺が年齢を重ねていったあとにそういうことだったんかなって気がつきました。

いつも結果はあとからついてくるんですよ。当時は何も思っていなくて聞いていたことやしていたことでも、自分が年齢を重ねて社会に出て行って、みんなの思う常識と照らし合わせていったときに〝これだけズレてたんや〟とわかる。俺はいつも、みんなのほうが非常識やと思ってたんです。でもまあ、実際は俺の常識が非常識で、周りのみんなの考えが常識のあるものやったって……。それに気がつくのはかなり遅かったですね。十代後半とか」

――当時、外出することってあったんですか？

「たまにありました」

――それはどこに？

だったり……」

「到津《いとうづ》の森公園とかですね。その頃は動物園みたいな感じやったんかな。そういうところ

——それは誰と？

「当時、一緒にいた姉ちゃんと行くこともありましたし、母親とも何回かありました。でも、一年に一回あるかないかだったと思います。めったになかったんで」

◇

「一緒にいた姉ちゃん」とは山川さんの娘のことだ。

彼女の立場や境遇は状況に応じて変わったが、純子の代役のようになり子供たちの面倒をみる役割を与えられることもあったようだ。

「姉ちゃんは、一緒に住んでいて、勉強を教えてもらってた時期もありました。いつからかって聞かれたらはっきりしないんですけど、気がついたらおって、気がついたらおらんくなって。親父がおらんようなときは、学校でのことなんかを話してくれることもあったんです（彼女は松永たちと暮らしながら中学を卒業している）。

姉ちゃんのことは嫌いじゃなかったっていうか、好きでした。姉ちゃんが行動を起こしてくれたおかげで、いま俺たちが生活してられる事実もあるけ。

トラウマもあるだろうし、会って思い出したくないとか、関わりたくないっていうのはもちろんあると思うんですけど。世話になって勉強も教えてもらって少しはわかるように

なったところもあったし、本当は、ありがとうって言葉を伝えたいんですよね。向こうが嫌がるけ、あれなんですけど」

人間として扱われていなかった

学校にも行かせてもらえず、家の中に閉じ込められている生活にはいくつかの〝ルール〟があった。

たとえば玄関の呼び鈴が鳴らされたときには電気を消して物音を立てないようにすることなどがそうだ。理由はいまでもわからないというが、トイレのあとはバケツで水を汲《く》んで流すようにも決められていた。寒い日でもTシャツと短パンで過ごし、暑い日でも冷房の効いた部屋では寝かしてもらえない。

なぜなのかといった疑問は挟まず、そのルールの中で生きていくしかなかった。

松永より先にご飯は食べてはいけない、というルールもあった。

要するにすべてのルールの根底には〝松永に逆らってはいけない〟という絶対的なルールがあったわけだ。

◇

——お父さんはどんな人だったんでしょうか？

「ナニ考えているか、わからないですね。ただ、やさしいときもあったんですよ、一年に一回くらい。自分の誕生日とかだったと思うんですけど。そんときは本当に同じ人なんやろうかって思うくらいよく笑って。何回かあまえさせてもらったこともあると思うんですけど。次の日になったら突拍子もないことで怒ったり。ナニ考えているか、わからなかったですね」

――家にいるときもあれば、帰ってこないときもあった？

「帰ってこないときもありましたね」

――その一方、あなたたちは自分で家の外に出ることはできなかった？

「しようとは思ったんですけど、出たことはなかったですね。出てみたいとは思ってたんですけど」

――出たら怒られる？

「通電のイメージがものすごく強かったと思うんですよ。それをする、イコール絶対バレる、捕まる、その後は絶対、通電される。そういうふうに考えてたんでしょうね。〝人間として扱われてなかった〟って表現がいちばん近いと思うんです。動物にしつけをする、みたいな。なんでそれがダメなのかという、ちゃんとした理由や説明はなかった。とりあえず親父がしてほしくない、親父がされたらバツが悪いことをした場合はものすごく痛くて苦しい思いをするぞっていう、しつけのされ方をずっとされてきたんで」

――当時、それがおかしいことだとは？

「まったく。まったくなんとも思ってなかったですね」

――通電されるようなとき、お母さんはどうしてたんですか？

「必死に俺を押さえていましたよ。言われたことを守るためだけに。だから俺は、母親がすごく嫌いなんです」

――そういうことが終わったあと、こっそりと「ごめんね」と言われたりしたことは？

「あったような気はします。でも、なんて言われても、お前も（親父と）いっしょやって思ってたんで。背中に母親から包丁を突き立てられたこともあったんです。なんでそうなったかは覚えてないんですけど、倒されて、そうされました。……いまとなってはどうでもいいんですけどね、母親のことなんて」

――お母さんとのあいだで日常会話ってあったりしましたか？

「これが不思議なことに、ないと思うんですよね。記憶から消してるとかじゃなくて、本当に思い当たるフシがないんですよね」

――あれをしたら怒られるとか、叩かれるとか。お母さんが怒ることってあるんですか？

「いや、なかったです。父親が怒って、それで母親が怒るということはありましたけど」

――たとえば、お母さんが持ってくる料理や作ってくれる料理で、あれはおいしかったな、というような記憶はありますか？

「手料理らしい手料理は食べたことがないんですよね。ひとつ記憶にあるのは、ご飯やったら、卵かけご飯を俺に食べさせてたんですよ。それであるとき、親父がおんなじものを俺に食べさせようとしたんです。そのときそれを食べたくなかったんで、食べなかった。そしたら親父は〝あいつのは食って、俺のを食わんのはどういうことか！〟って、ものすごく怒ったんです。いま考えれば、（そのときにその卵かけご飯を食べなかったのは）子供心に反抗したんかなっていう……」

――お母さんはどういう人だったんですか？

「親父の言いなり。親父が言ったことは絶対、守る。ロボットみたいな。母親って思ったことがないですもんね、一度も」

――いい思い出なんかは？

「ないですね」

――お父さんに対しても？

「親父に対しては、さっき言った一年に一回の誕生日かなんかのときだけですかね……。いい思い出っていっても、ふだんが悪すぎるんで、そういう日がいいように感じただけだと思うんですけど」

――そのときは、たとえばケーキがあったりとか祝ってくれるようなことは？

「ああ、ありました。写真が残っていたんで、その写真を母親が送ってきたんですよ。幸せそうに笑ってるんですけど、そんなこと、全然ないんですよ、それ以降」

――その写真はいま、どこにあるんですか？

「燃やしました。見たくなかったんで。みんな、もったいないって言うんですけどね、あってもなくてもいっしょなんで。（探せば）何枚かは残ってると思いますけど」

弟に通電したことも、弟からされたこともある

マンションの中での人間関係はいびつだった。そこにはやはり通電が介在している。

たとえば彼に「誰かを通電したことはあるか？」と聞くと、「弟にあります」との答えが返ってきた。言葉を失いかけたほど衝撃的な事実だ。

もちろん、彼が自分の意思でやったことではない。

松永の命令により純子が弟を布団で押さえながらぐるぐる巻きにしているところで、泣き叫ぶ弟を黙らせるために通電するように言われたそうなのだ。

そのときのことを話した彼は、ぼそりと付け加えた。

「逆もあったんですけどね」と。

◇

──逆というと、弟さんが……。

「俺にです」

──弟さんに通電したとき、何をやったからそうなったのかという記憶はありますか？

「そこはないですね。そういうことは結構あったんで。何か問題が起きたときには親父が、どっちが悪いかを徹底的に言わせるんですよ。白か黒か、はっきりさせろって。それは俺と弟だけじゃなくて、他の人たちでもあったんです。本当のことを言うんやったらまだいいんですけど、だんだん嘘をつき合うようになるんですよね」

——自分を正当化するために？

「自分を守るために、自分がやられないためにですね。親父がそれ見て笑うっちゅうか、楽しむっちゅうか、喜ぶんですよね。あいつは、どっちが本当のこと言いよるんかわからんぞ、というような気持ちかもしれんけど、当の本人たちは必死なわけですよ。

いつだったか、母親が通電されているとき、プラグがコンセントに差さってなかったときがあったんです。でも、母親はものすごく痛そうにしていた。そのとき、それが理解できなかった俺は、普通に言ってしまったんですよ。つながってないよって。そしたら親父はブチギレて、なんでそんな演技をするのかと、一晩中、通電していたみたいです。たしか母親は、通電をされすぎて、どっちかの足の指がくっついてたと思うんですよね。それくらい執拗《しつよう》にやられてました。奴隷みたいな感じですもんね」

——その頃の生活で他に覚えていることはありますか？

「日常会話がほぼ脅し合い、騙《だま》し合いというんじゃないですけど……。親父が珍しくインスタントラーメンを食べようとしたときに、それを作っていた母親が、たぶんなんですけど、ロウソクか何かを入れたときがあったんですよね。ちっちゃい縞々《しましま》模様のやつでした。

親父がそのラーメンを食べたときに、なんか変な味がするって言って台所を探し回って、ここにあったロウソクがないって言いだして。誰がしたんかってことになって。全員、正座させられて、どこで何をしていて、何を見て、何を聞いたかを全部話せってなったんです。結果、母親が悪いってなって、そのときも通電でした。とにかく、なんかあったらすぐ（通電器具を）出すんです。それを楽しむんですね。〝もうやめてください。あと何回ですか？〟みたいなことを言われて興奮するじゃないですけど、すごい満足した顔をするんです。俺にはその気持ちがまったくわかんないですけどね」

何をやったってダメなんや……

純子の場合、湯布院から戻ったあとに受けた制裁もひどかったようで、右足の小指と薬指がくっついていて、親指の肉が欠けている。その状態は法廷でも確認されている。通電といっても、威力はそれほどでもなかったのではないかというイメージをもつ人もいるかもしれないが、そんなことはない。監禁されていた人たちが松永に抵抗する意思をなくしていた理由のひとつには通電に対する恐怖心があった。松永が経営していた会社に勤めていた人たちや、元警察官である純子の妹の夫が松永の支配下に置かれていたことからも、想像以上の威力だったと考えていいはずだ。

外れたプラグについて彼が口にしたのは、告げ口といったつもりではなく、つい疑問を口にしたのに過ぎなかったわけだが、通電から逃れるために嘘をつき合うようになったというのも残酷な話だ。

自分が通電から逃れたい気持ちはあっても、ひとをつらい目に遭わせたいわけではない。「家族」であればなおさらそうなのに、嘘をつく者が現われるほど追い込んでいたわけだ。まさに鬼畜の所業というほかはない。


彼は、母親である純子を憎んでいるように話しているが、母親が松永からあまりにひどい目に遭っているとき、得体の知れない感情がわいてきたことがあるという。

「その感情が何なのか自分ではわからなかったが、イライラした」そうだ。

そのとき一度だけ松永に抵抗を試みている。

松永が外から帰ってきて玄関の扉を開けたとき、足を引っかけようとして紐《ひも》を張っておいたのだ。それで倒れたなら攻撃を仕掛けようと考えていたが、松永がこけることはなかった。

当然、何の目的で紐を張っているのかと咎《とが》められ、通電されることになった。

そんなことがあり、父親に逆らう気は完全になくした。

「……何をやったってダメなんや」

そう思ったという。

殺されていった被害者たちの心理とも共鳴するところだろう。

では、お互いに通電をし合ったこともある弟に対しては、いまどう思っているのか？

「俺はいまでもあいつのことが好きです。なんかあったときはいちばんに話を聞いて、どうにかしちゃろうって思うし、（兄弟として）おってほしいなって気持ちです。騙し合ったり、いがみ合ったりはしたし、あいつがこのインタビューを見てどう思い、俺になんて言うかわかんないですけどね。俺とあいつにとっては、あの頃の時間よりも、これから過ごしていく時間のほうが圧倒的に長いと思うから。

どんだけ振り回されても、ブレても、絶対に崩れんところが一個だけあるんです。あいつは俺の弟やし、あいつの兄貴は俺やということ。だから、いくら時間がかかっても、いくらケンカしても、最終的にずっと一生おれたらいいかなって。唯一の家族っていう認識なんです。関係がどうなのかとか言われるとあれですけどね。ちょっと生意気やなあとか、口が立つなあとかいうのはあるんですけど、やっぱりかわいいですもんね」

ペットボトルと船……、死体遺棄の記憶

彼自身、監禁されているのにも近い幼少時代を送っていたわけだが、殺されていった純子の家族と暮らしたことはあったのか？

そして〝事件の現場〟にいあわせたことはあったのか？

それを聞くと、彼は答えた。

「一緒にいたこともあったと思います。お風呂場《ふろば》が記憶にあるんです。誰を入れていたかは覚えてないんですけど、風呂場に誰かいて、ずっと放置していたんだと思うんですよ。それが誰だったかというのは覚えてないんですけどね」

実際のところ、マンションの浴室は、監禁場所、殺害現場、解体の場所になっていた。直接、誰かが殺されるようなところは見ていなくても、事件のすぐ傍で生活していたのは確かなようだ。衝撃的な言葉は続く。

「記憶に残ってるのがペットボトルと船なんですよね。ペットボトルと船……、それと動物のビスケットかなんかがあったと思うんですよ。あとはピンクの漏斗ですか。ペットボトルの狭い口に付けて注げるようにするアレと……、ゴキブリですね。

ゴキブリを叩いてたんですよ。誰が叩いたかは覚えてないんですけど、そしたら中から卵みたいなのが出てきて、うわあ、なんやろ～っていうのがあった。

ものすっごい臭いがするんですよ、そのペットボトルに詰めていたのが。俺も一緒に手伝ってたんですよね、それを詰めるのを。で、船に乗って、何かをしてから家に戻ってたんですよね。(保護されてから)自分でいろいろと調べていくじゃないですか。それで全部、つながったんです。ああ、これやと思って」

前章でも解説したように、遺体を解体して鍋《なべ》で煮込み、ミキサーにかけて液状化してペットボトルに詰めて海などに捨てるというのは、松永が命じて純子やその家族にやらせていた方法だった。信じがたいことに松永は、それを自分の息子にまでやらせていたことになる。

自分が何をしているかという意味がわかっていなかったことが唯一の救いだが、その記憶はわずかながらとはいえ残っているわけだ。

思春期くらいになってその意味を知ったということなのだから、そのとき彼がどれだけのショックを受けたかはわからない。

彼は罪を犯したわけではなく、背負わされただけである。

「みんなでやってたんですよね。誰がいたかは全然わかんないですけど、母親は絶対にいました。ペットボトルに漏斗をさして、鍋からとか、おたまですくったものを流していくんですけど、ものすっごい臭いんですよ。なんともいえんこう……。あれは本当に俺の思い込みで再現しとるようなもんじゃないと思うんです。

実際に手にとって、臭って、見て……。何回も嘘やったらいいなとか、勘違いやったらいいなとか思ったんですけど、（事件のことを）調べていくうちに、ああ、絶対そうやなあって思うようになって。

そのペットボトルは外に持ち出して、たぶん、船の上から捨てよったんやないかなと思うんです。フェリーの上かなんかだったと思うんです。赤いカーペットが敷いてあったのかな。大広間みたいなところに座っていて、母親がそこにいた人たちにお菓子を配ってたんです。そんな記憶ですね。

弟ですか？　そこにいたかどうかは覚えてないですけど、大人たちが何人かおって、父親もおったと思いますね。船に乗った記憶は一回しかないですけど、調べてみると、何人も同じようにしていたみたいなんで。その全員に関わったのかっていうと、あれなんですけど、少なくとも俺の中にはそういう記憶があるけ。

本当に申し訳ないなっていうか……、申し訳ない、しか出てこないですよね。反対の立場やったらって考えると……、たぶん俺のことを殺したくなるんやないかなって思って。自分の大事な人がそういう目に遭い、（そこに加わっていた）息子が生きてるんだとしたら。ぶつけようのない感情、行き場のない気持ちがどうしても出てくるんやないかなって思います」

生きて生きて、生き続ける！

その頃は、周りにいた誰もが脅《おび》えながら、松永の言いなりになっていた。

そんな作業をさせられているときには誰もが嫌そうな顔をしていたのは覚えているが、それぞれどんな人たちだったかは、顔も含めて覚えていないという。そのこともまだよかったはずだ。そこに一人ひとりの思い出などが入り込んできてしまえば、その記憶を抱えているとことがさらにつらくなったはずだからだ。彼は言う。

「ものごころがついてなく、責任能力がなかったんだから、仮に（死体遺棄に加担）したとしてもしょうがないって言葉をかけてもらうんですけど。俺はそういうのは関係ないって思うんですよ。たとえばですけど、小学校一年生くらいの子が家族とか誰かを殺してしまったときに、そうするつもりじゃなかったので許してほしいと言えば、それで済まされる話なのかということにも似てると思うんです。実際、したことには変わりないし、そういう記憶が自分の中にもある。思い込みだけでは臭いまで再現できないじゃないですか。

常に俺の中にあるのは、申し訳ないな、ということです。理由はなんであれ。だからといって、どうすることもできんわけやし。それをこの十五年間、ずっと逃げて隠してごまかして、生きてきたんです。やりよることは両親と変わらんなって思って。

でも、逃げ続けてばかりいるのではなく、出ていくことで、俺はいまこうしているんですよってていうのを少しでも多くの人に知ってもらえると思うんですね。

ものすごくキツイ意見もあると思うんですよ。なんで生きているんだとか、人殺しの息子が！ とか。なんと言われても、生きて誰かのために何かをするって。それを周りの人は偽善やって言うかもしれんけど、他の人にはできん経験をして、人の痛みが他の人よりわかる。

自分みたいな奴がこれからどうしていくんかってなったときに、もう生きて生きて、生き続けて、自分しかできんことを多くの人にしてあげる。そんな自分になっていくっていうのが、大げさですけど、生まれてきた意味じゃないんかなあって。

当たり前に仕事して、当たり前に生活して、ハイ終わりじゃない。たぶん俺にしかできないことがあると思うんです。いまでも答えは見つかってないんですけどね」

あまりにも切実な言葉だ。

罪の意識の大きさゆえに、いかに苦しんできたのか。

そこから前向きになるためにはどれだけの覚悟が必要なのか……。

◇

――両親が逮捕される前の時点で、自分が人殺しの子供じゃないかっていう事実を薄々感じていた時期っていうのはあったんですか？

「それはまったくないですね。人殺しっていうのはないです」

――マンションの中にいた人が徐々に少なくなっていくことに関して、何が起きているかはわかってなかったんですか？

「どっか行きよるんやろうな、くらいしか。目の前で叩かれたり、通電されたりしてるのは、かわいそうやなと思いますけど。でも、結局、親父の言うこと聞かんかったけ、されよるんやろなって。そういう認識でしたね」

――まさか殺人が起きているとは考えていなかった？

「そうですね。それに気づき始めたのは、あとあとですね。保護されてからの話です」

◇

このマンションの中で何が起きているのか？

それをまったく認識できてはいなかった。

ただし、自分たちが何かから隠れているように生活しているのは感じていたという。

「たとえばカレンダーには、何回ピンポンが鳴らされたとか、何時に誰が来たっていうのが書いてあったようなんです。たぶん聴診器だったと思うんですけど、それを壁にあてて、音を聴くようなことも親父がやってて。大丈夫やとか大丈夫やないとかいう話をしよったんで。それもいま思えば、近隣の人からどう思われているか、っていうのを気にしよったんかなっていう。誰が来ても、出なかったですもんね。〝隠れとけ、静かにしとけ〟って言われてたんで、誰かから逃げよるんやろなとは思ってました」

彼がこの事件に関して責任を感じる必要はないはずだ。それでも彼は「何もわからなかったからでは済まされない」と考えている。

死んでいった人たちに対して申し訳ないという気持ちがあることも、今回のインタビューを受けてくれたことにつながっているのではないだろうか。

罪を背負う意識があるからこそ、自分にできることをやりたい。自分しか話せないことを言葉にしていきたい――。

そんなことを考えるようになった彼にあるのは、生きて生きて、生き続けていく覚悟だ。

子供四人のアパート暮らし

彼の記憶によれば、ふたつの家（マンション）のほかに、自分と弟と「双子の兄弟と生活していたところがあった」という。

それも事実に合っている。

純子の家族六人が殺されたあとのことになる。

この頃の松永は、双子の母親である主婦に目をつけていた。

松永は彼女に対して「離婚して自分と一緒になるのがいい」と口説いたようだ。

それで彼女を夫のもとから離れるように家出させ、双子を預かりつつ、その女性を風俗店で働かせるなどして金を搾り取っていたのである。

「双子の兄弟と生活していたところ」というのは、ふたつのマンションとは別のアパートの部屋だったと考えられる。主婦たちの隠れ家として借りたアパートであり、そこに松永は自分の子二人と双子の四人を住まわせていた時期があったのだ。

この頃のことを彼は、マンションでの生活よりもよく覚えているようだが、それも当然だ。純子の一家が次々に殺害されていた頃は四、五歳だったのに、この頃は八歳か九歳になっていたからだ。

◇

——子供たちだけの生活は比較的、自由だったんですか？

「どういう仕組みになっていたのかわからないんですけど、壁に携帯電話が掛けられていたんですね。それで俺たちの会話の内容が聞こえていたらしいんですよ」

——お父さんがいないときにってこと？

「そうです、そうです。で、一週間に一回くらいかな。母親がビニール袋にいっぱい詰めたご飯を持ってくるんですね。それで子供は四人いるから、今日は何にしようか、これにしようか、とかって。料理はそんなにできなかったですけど、（ビニール袋に入っている食べものを）一週間、小分けにしながらみんなで分けて食べていたんです。納豆ご飯とか豆腐とか、うどんや、食パンなんかですね」

——うどんはお母さんが作ってくれるの？

「いえ、自分たちで、やります」

——お母さんが持ってきたものを子供たちで作る？

「そうですね。マヨネーズとかケチャップとかをかけたりして。種類はそんなに多くなかったんですけど、量はそれなりに一週間分くらいはあったんかな。それでもやっぱ、終盤になって、ご飯が減ってくると、（このまま母親が）来んのやないか、とも思うんですよね。あの人、持ってくるんやろか、という漠然とした不安はありました。

だから、大事に食べないけんって思っとったんですけど、双子の兄弟や弟なんかは、お腹減ったって言うじゃないですか。〝いま食べたら来んかもしれんけん〟って話をするんですけれども。それでよくケンカしたりとかもしました。いま考えたら、なんでそんなことでケンカになるんかなって思うんですけどね」

――その生活ではたとえばテレビなどは自由に観られていたわけですか？

「テレビは最初は観られていたと思うんですけど、最後はなんでなのかはわからないですけど、映らなくなってましたね。お風呂も、いま考えたらスイッチ押したりすればよかったのかもしれないですけど、使い方とかがまったくわからないんで、冷たい水で入ってました。洗濯なんかは、ある程度溜《た》まったら、母親がどっかへ持って行ってたんですよね。なかなか取りに来てくれないと、濡《ぬ》れたままのタオルで体を拭《ふ》いたり。そういうのは何回もありました」

いまも家では電気を点けられない

――マンションに住んでいた当時のことはいまも夢に出てきたりすることはあるんですか？

「もちろん、それはあります。それと俺、雷がすっごい苦手なんですよね」

――雷。それはどうして？

「通電のあれやないかなぁって思うんですけどね。あと、水たまりもすっごい嫌いなんですよ。水が苦手なんですよね。透明な水を飲むのにものすごい苦労するっていう。浴槽で、親父が俺の頭を沈めるということがよくあって……。水、飲んだら頭のうしろが痛くなるじゃないですか。そうなっとる俺を見て、また喜ぶんですよね。あいつと一緒に風呂に入るとなったら、それをされるのが当たり前だったんです。風呂に入らんと気持ち悪いじゃないですか。それであいつは、俺が自分から入るって言うまで待つんですよ。で、入ったらそれをする。それが気持ち悪くて。水が苦手ですね」

――それはいまも？

「いまは頑張ったら飲めます。だけど、味がついてないミネラルウォーターは、本当に気分が悪くなります」

――当時、住んでいた部屋は、カーテンを閉め切ったままでしたか？

「夜は開けていたと思います。なんとなくだけど、緑っぽい色のカーテンでした。光も苦手ですね。明るいところにいると、隠れるすべがないじゃないですか。この灯《あか》り（撮影用のライト）も、ものすごく苦手なんです。基本、家では電気は点《つ》けないですし」

――えっ？

「点けないです」

――夜も？

「夜も点けないです」

――いまもですか?

「いまもです」

――じゃあ、テレビの光は?

「テレビの光とかは、遠目に見れば大丈夫ですね」

――基本的に夜も暗いところで生活してるんですか?

「夜はまあ、そうですね」

――電気は点けないんだ。

「本当は嫌です。みんなは当たり前に昼間、外で働いて、夜になったらご飯食べに行ったりとかしていて。みんなが当たり前にしちょることを、俺も頑張って当たり前にしようと取りつくろってみるんやけど、苦手なんですよね。ものすっごく。……いまはそんな心配はないってわかるんですけど」

――夜には家でどうしてるんですか?

「家でどうしてるか……。家に帰ったらほとんど寝るだけなんで。お風呂入って。夜はほとんど、ご飯は食べないんですよね。お酒を飲まないと寝られないんで。眠たくなるまで飲むんですよ。眠たくなるっていうか、なんちゅうか、なんも考えんでよくなる……、考えられなくなるまで飲んで、寝るんですよね。いけんなあと思うんですけど、続いてますね」

――量は結構飲むほう?

「飲むほうだと思います。あと、無音なのがダメなんですよね。施設で育ったときもそうだったんですけど、あの頃は確かラジオを聴きながら寝とったのかなあ。人の声っていうか、なんか音がないと不安になるんですよね。たとえば時計の音やったり、自分の心臓の音やったり、意識しだしたら寝られなくなるちゅうんですかね。不安になるんですよね。時計の音でなんで不安になるのかって思うかもしれないですけど、規則正しく一秒一秒刻んでいても、いつか止まるんじゃないかなぁって。

当たり前にあるものが当たり前じゃなくなるんじゃないかなぁってところから連想してるんでしょうね。

いま、こうやって生活しよる、ご飯食べて寝よるって、これがいつかまた崩れるんやないかなぁってところまで、考えがポンっと飛ぶんですよ。一回そうなったらもうダメで、ずうっと続くんですよね。いまはもう、無理やり考えんようにすることで対処してるんですけど。それがまあ、アルコールだったりするんですけど」

――いまも夜寝るときは、ラジオをかけたりして寝てるんですか？

「ラジオは……、親父が送ってきたラジオがあるんですよ。昔の、バカでかい箱のようなやつが」

――いつ送ってきたんですか？

「保護されてしばらく経ってからだったんでしょうね。つまみが三つくらいついていて、アンテナが普通のアンテナじゃなくてビニールテープみたいなやつなんですけど。それを聴きながら一時期は寝てましたが、なんかそれが嫌になって。いまはスマホで音楽聴きながら寝てますけど……、寝られないんですよね。寝てるんだけど、寝てないっていうんですかね。玄関とかのドアノブの音とか、扉が開いてきしむ音とかで、目が覚めるんです。窓が揺れたりするだけでも誰か来たんやろうかって。普通に考えてそんなことないってわかるんですけど、いつ何があるかわからんやないですか」

当たり前にあるものが当たり前じゃなくなるのではないか

当時の苦しみと無関係ではないはずの癖のようなものは、他にもいくつか残っている。彼自身、「理由はわからない」というが、たとえば階段をおりるときは、左右の足をリズムよく出していくことができない。片足をおろして、また片足をおろす、というようにしないと落ち着かないのだという。

飲み物のキャップを締めてどこかに置いたあと、もう一度締める、といったこともそうだ。

「ある一定の行為をしたときに、親父に怒られなかった、通電されなかったというようなことがあり、一種のおまじないのようになっているのではないかと思うんです」と彼は言う。

そんな〝おまじない〟も人から見れば奇妙なことに映る。

笑われるだけならまだいいが、周りの人間を怒らせてしまうこともある。

自分で何かを落として誰かに拾ってもらったとき、彼はそれをもう一度落とすのだという。学校で先生や他の生徒に対してそんなことをすれば「わざとやっているのか！」となるのは当然だ。そんな摩擦を起こしたいわけではもちろんないが、それをしないと「自分が自分じゃないような感じになる」という。

「家を出るときも変な癖がついてるんです。ドアを開けるでしょ。すぐにおりられないんですよね。階段があるんですけど、必ずドアの反対側を見るんですよね。それが癖で。誰かおるんやないかって。街なかを歩いていてもそうです。……常にビクビクして生きてるってわけではないんですけどね」

心理学者であればそれらしい解答を出せるのかもしれないが、私にそれはできない。ただ、父親という存在や通電に対する恐怖心はそれだけ根深く刻みつけられているのだということは疑いようがない。

最近になって彼は「そういうおまじないをすれば何もされないわけではない」、「おまじないをやってもやらなくても結果は変わらない」と自分に言い聞かせるようにしたのだという。それによって、そういう行為に縛られることは少しだけ減ってきたそうだ。

当たり前にあるものや当たり前の生活が、いつ当たり前でなくなるかわからない――。そんな葛藤《かっとう》や不安が常について回っているのだとすれば、日常に平穏を見つけるのは難しい。安らぎのない生活だといえる。

認めたくないけど、親父に似ている……

――お母さんが笑った顔を見たことはありますか？

「笑った顔……は見たことないと思います」

――では、たとえばあなたが腹をかかえて笑うなんてことはありましたか？　普通の家庭のようにおもしろいことがあったりだとかは？

「いやいやいや、ないです、絶対にそれは、なかったと思います。常に親父の顔色をうかがっていたので」

――どんな顔をしていたのか、その表情を覚えていますか？

「自信に満ち溢《あふ》れていたような」

――それはお父さんですよね。

「人をバカにしたような顔というか……、困っとる姿や嫌がる姿を見ると、すごく笑うんですよね。さわやかな笑顔とかじゃなくて、意地の悪そうな笑い方です。これがないと生きていけんのやろう、というような感じの顔しかしてなかったと思います。あとはもう、本当にキレてどうにかなりそうな顔っていうんですか。あいつ自身も、いっぱいいっぱいやったんやないかなあ。だんだん収拾がつかなくなっていって」

――お母さんの表情は覚えていますか？

「嫌そうな顔してましたよね、常に」

――常に？

「常に。それで俺らへのあたり方もすごかったんです。本当に同じ人なんやろかって思ってしまうくらい（変わることがありました）。それも自分の意思じゃなく、親父が言いよったことを守らんかったときとか親父が怒っとうときに俺たちに対して言う。だから嫌な思い出しかないですね」

――あえて聞きますけど、お父さんとお母さんのどちらに似ているとか、考えたことはありますか？

「認めたくないけど、親父に似ているんだと思います」

◇

この本の最初に書いた言葉は、こうしたやり取りの中で口にされたものだ。

そして彼は「人と関わるとき、それを眺めているもう一人の自分がいる」「自分でそれがものすごく気分が悪い」と続けた。

父親に似ていると感じられることが嫌でたまらず、恐怖に感じられる。それほどつらいことはないだろう。

しかし、父親の顔色をうかがい続けた日々は唐突に終わることになる。

「今度は自分の番になる」と考えた山川さんの娘が逃走したからだ。

最初は祖父母の家に逃げ込みながら、松永が祖父母を騙して連れ戻され、それまで以上の虐待を受けた。だが、二度目に逃亡した際には、父親が殺されていることを祖父母に告げたので、松永と純子の逮捕につながった。

その後、警察は彼ら兄弟と双子が暮らしていたアパートも探し当て、四人の子を保護したのである。

そのまま彼はまず警察署に連れて行かれた。

それは彼が〝松永のルールに支配された場所〟から解放された瞬間だった。

第三章　やっとなんとか人間になれた

両親や弟と離ればなれになった生活

松永と純子が逮捕されたとき、彼は何も知らずに弟や双子とアパートにいた。そこに突然、知らない大人たちが入ってきた。

警察官たちだが、まず名前を聞かれて偽名を答えると、「そうじゃないだろ」と返された。それまでの常識が通用しなかった瞬間である。

言われるがままワゴン車に乗せられ、警察署に連れて行かれた。あれこれ話を聞かれたあと、児童相談所に預けられている。

それまでの生活が異常すぎたため、すべてが〝異世界〟だった。

誰も知る者がいない、右も左もわからないような場所での生活が始まった。

◇

――当時、九歳ですよね。児童相談所の記憶というのはあるんですか？

「曖昧《あいまい》なところもあるんですけど、なんとなく記憶はあります。最初は児童相談所の一時保護所ってところに行ったと思うんです。一度出たあと、（問題があったときなどにも）何回か入りました。中学になってからも入ったことがあります」

――寝泊まりは？

「そのときは寝るのもそこでした」

——なんで自分がここにいるのかって疑問をもたなかった？

「（何がなんだか）まったくわからなかったです。妙に周りの人がやさしかったんで、それが気持ち悪いなあと思って」

——お父さん、お母さんはどこに行っちゃったんだってことは？

「それは尋ねてました、ずっと」

——どういうふうに聞かされていたんですか？

「いまは違うところにいる。どうなるかは、わからないって」

——それは職員の口から？

「そうですね。話をごまかされてましたもんね。はぐらかすじゃないですけど、違う話に変えられるっていうか。俺がそういうことを聞くと、この本はおもしろいよとか、ちょっと体育館行って遊ぼうかとか」

——両親が逮捕されて、いろいろあったと思いますけど、実の両親とまったく会えなくなったのはどうでしたか。淋《さび》しかったとかは？

「ほっとした。親父に関してはそのほうが強かったですね。少し淋しいっていうか、環境の変化についていけなかった部分はありましたけど、大半は、ほっとしましたね。もうされなくて済むんだって、（通電とか）ああいうことを」

——それが淋しさを上回っていたと。

「半々なんですよね。やっぱ親だと思っとったんかなって気持ちと、ここ（児童相談所や施設）の人たちには何もされんので、ほっとしたって気持ちと、半々やったんです」

――でも、初めて世の中を知るわけじゃないですか。ご飯もちゃんと食べられて……。

「こんなに食べていいいんかなあって。最初に食べさせてもらったのは、たしか夜、遅かったんですよ。レトルトのカレーかなんかを出してもらって食べて、〝もう大丈夫やけね〟とか言われて。何が大丈夫なんか全然わからんかった。たぶん相当変わった子やったと思います」

――他の子供たちはいなかったんですか？

「最初はまったく別々やったですね」

――それがどれだけ続いたかは覚えてる？

「あまり覚えてないですね。でも、しばらくはひとりで隔離されていました」

――弟さんにも会えずに？

「弟もいなかったですね、ひたすら本を読んでいて。マンガ本だったと思うんですけど、漢字が読めないんで、絵でなんとなく読むんですよね。だから、全然おもしろくなかった」

ひとりきりの部屋では暴れてしまった

この頃の彼には、それまでとはまた違った恐怖があったという。

監禁された人たちと生活していたときも、双子たちと生活していたときも、周りには常に人がいた。だが、児童相談所では、他の子供たちとは切り離すようにひとりにされていた。

そんな中で職員やそうではないような人たちが現われ、あれこれと質問される。おそらく何かの心理テストなのだろうが、「この木にはどんな実がなりますか？」「その実は何色で、どのくらいの大きさでどんな形をしてますか？」などといったことも聞かれた。

それに対して思ったことを答えると、相手は怪訝《けげん》な顔をしていた。どんな答えをしたかは覚えていないが、そういう目で見られていたことは記憶に残っているという。

そうした時間のほかはひとりにされていたので、仕方なくマンガ本などをめくっていた。アニメ化などもされている人気作品だったが、その頃の彼はそんなことも知らなかった。ひらがなとカタカナしか読めないこともあり、おもしろいとは思えなかった。

夜には完全にひとりにされた。

何もないような空間でひとりになると、たまらなく怖くて、不安になった。

「出して！」と泣いて暴れたこともあったという。

その後、児童養護施設に移された。

その頃から彼は、周りの人たちが腫《は》れものに触るかのように自分に接し、できるだけ距離をおこうとしているようにも感じだしていた。

「微妙な温度差、距離感があったというか、俺がなんかしたんかなあって思ってました」

その児童養護施設から学校に通うことになった。

彼にとっては初めての学校だ。

年齢的には四年生になるはずだったが、それまで学校に行っていなかったので、勉強の遅れが考慮され、三年生のクラスに入ることになった。楽しみな部分もなくはなかったが、初めての学校には、馴染《なじ》めなかった。

よく脱走もした初めての学校

——初めて学校に行ったときの印象は覚えてますか？

「人が多いなって」

——クラスでは自己紹介などもしたんですか？

「しましたね」

——それはもちろん本名で……。

「そこがちょっとうろ覚えなんですけど、本名じゃなかったと思うんですよね。施設の中では食堂かなんかに呼ばれて、夕ご飯の前にちょっと話をする時間があるんですよ、今日はこういうところができてなかったから気をつけてね、とか。その時間に〝名前が変わります〟みたいなことを言われて。そのときから上の名前も下の名前も本名で呼ばれるようになったんじゃないかという気がするんです」

――小学校の三年生の授業では、読み書きだとか勉強の面ではどうでしたか？

「読み書きは全然ダメでしたね。国語の時間に先生が読んだあとに続けて読むじゃないですか。あれができないんですよね。この感覚はたぶんわかってもらえないと思うんですけど、言葉の意味をまったく理解してないんですよ。たとえば、おはようって言うことはわかっていても、おはようって言葉の意味はわかってないような感じですね。音に聞こえるんです。英語とか中国語を聴いて、意味を理解してなくても、似たようにしゃべれたりはできるじゃないですか。たぶん、その感覚に近いと思うんです。

でも、それをしないと浮いてしまう、周りと違ってしまうと思って、似せたような言葉でしゃべろうとしてたんですね。普通の会話はある程度できても、そういう国語の授業とかになったら、できない。文章と実際に口に出す言葉が同じだと思ってなかったんです。俺の中では字がつながって見えていたし、音読はものすごく苦手でした」

――算数とかは？

「算数はある程度、大丈夫だったんですよ。ただ、ちょっとひねくれたところがあって。たとえば1＋1は2になるよって言われたときに、なんで2になるん？　って思うんですよね。それをそのまま納得できなくて。でも、それに従って答えを出せば正解なんやっていう一連の法則があるから、疑問を抱えながらもなんとかできてたんです。これがもっと上の学年になっていって、たとえば中学だったらx＝y。この時点で、てんでダメだったんですよね。数学なのに、なんでローマ字が出てくるのって。もうその時点で考えることをやめて、そっから一気に成績が落ちました」

――国語の読み書きが嫌だから学校へ行きたくないとかは？

「あ、何回も思いました」

――友達はできましたか？　三年生のクラスに入って。

「どっからどこまでを友達って呼んでいいんかわからないんですけど、遊びに誘ってくれる子はいましたね。一緒にドッジボールしようとか、バスケットボールをしようとか。全然おもしろくないんですけど」

――遊んでいてもおもしろくなかった？

「遊び方がわからないんで。目の前からボールを投げられて、当たったから終わりねって意味がわからなかった。バスケにしても、あの輪っかの中に入れたら勝ちやけって、その意味が全然わからないんで。純粋に遊びを楽しむんじゃなく、法則性を見つけて、周りに合わせるってところに考えを向けてたっていうんですかね。で、だんだん合わなくなってくるんですよ。それで授業に行かなくなるんです」

――小学校で？

「小学校で。脱走じゃないですけど、席がうしろのほうだったら、しれっと出ていったりだとか。休み時間が終わっても戻らんとか」

――そのあいだ、どこに行ってるんですか？

「学校の中をぷらぷらしてました」

――先生に見つかるじゃないですか？

「見つかったら、連れ戻されます。で、また出ていくんですよね。普通の授業じゃない授業もたぶんやってもらってたと思うんです」

――個別に補習のようなものを？

「はい。ある先生は、一緒に料理を教えてくれたりとか。みんながするような授業とは全然、比べ物にならないくらい幼稚な授業もあったし、ちょっと普通の人はせんような授業もあったんですよね。その関わりがあったおかげで国語力っていうのはものすごく伸びたんですよ。そのあと、やっと音読もできるようになったんです。その当時はよくみんなに引きずりまわされていました。いじめとかじゃなくて、早く教室に戻るよって。結果、みんなが裸足《はだし》で遊んでいるようになって、上履きで叩《たた》かれながら無理やり引きずられていました」

――心配してくれてたってことじゃないですか。

「だから、いま思えばありがたいなって。当時のそういうワケのわからん、変わった俺に接してくれる子たちがいてくれた。当時は放っておいてくれって感じだったんですけど、いまはありがたかったなって思います。逆に自分だったら、そういう子が入ってきたとき、そういうことができたんやろうかと考えると、たぶんできてないですもんね」

――担任の先生はどうでした？　三年のクラスに入って、親身になってくれたんでしょうか、それとも距離があるような感じでしたか。

「う〜ん、若干というか、かなり距離が……。ものすごく怒る先生だったんですよね。それがもうダメで」

――あなたにも怒るという？

「いま思えば、みんなと変わらんような接し方をしてくれてたんだってわかるんですけど、当時は〝親といっしょや〟って考えになったんですよね。あの人たちと同じことをするんやって。それを説明するすべもないし、なんて伝えていいかもわからんで。ひたすら逃げるっていう。それで嘘をつくことを覚えたんです。体がきつい、学校に行きたくないって。でも、大人たちはわかっているんで、行きなさいと言われてたんです」

誰も守ってくれない。ナメられたら終わりや

九歳になるまで特殊な世界の中にいて、その世界のルールが当たり前だと思っていた少年にとっては、すべてが疑問だった。意味がわからないことばかりの世界の中で自分がどうあればいいかと戸惑っていたのも無理はない。

そんな中、小学校五年生の二学期に大きな転機を迎えた。

何を言われたかは「言いたくない」というが、親に関わることで非難され、カッとなっ

てしまった。それでつい相手の子に向かって椅子を投げつけた。

そのときから、彼を敬遠する子が増え、あれこれ言われることは減った。

「これでいいんや」

そう思ったと彼は言う。

それまでは嫌なことを言われても我慢するだけだったが、「他にも方法はある」と気がついた瞬間だった。

「嫌なことが起こらない空間が心地よかった」

その感覚のまま中学に進学すると、二学年上の先輩たちからは生意気な奴だと目をつけられた。いま振り返れば、その頃からはいじめを受けるようなことも出てきていた。

◇

――小学校のときはいじめられてはいなかったってことですよね？

「まあ、そうですね」

――五年生の二学期以降は、わりと孤独になったんですか？

「いや。それでも絶対、離れん友達が何人かはいてくれました。その後も関わりが続いた子もいます。ひとりの子は、俺が学校と施設を転々としていたときに担任の先生から俺の印鑑を預かっていたらしいんですよ。それでたまたま高校が一緒になって、俺の顔を見たら名前を呼んで走ってきた。誰かなあと思って顔を見たら、その子で。何を話せばいいかなって迷っていたら、財布の中から印鑑を出してきて〝はい、約束どおり返すから〟って。マジで！　って。もう何年も昔のことなのにって驚きました」

――その友達は、両親のことは知ってたんですか？

「少しは知ってます」

――では、小学校時代にはとくにいじめられたり、非行に走ったりすることはなかったわけですね？

「中学に入ってからですね」

――小学校のときは楽しかった思い出もあったりしたんですか？

「楽しい思い出も多少はあります。でも、椅子を投げてから心の中は満たされないっていうか……。それまで我慢してきたわけですけど、椅子を投げたことで自分の立ち位置っていうものが小学生ながらにできていったってことなんですかね」

――その噂は広がったりしたんですか？

「それはもちろん。それで離れる子もおれば、変わらず付き合ってくれる子もいたわけですけど、それでもいいかなって。周りの子たちにしても、あの子とは仲いいけど、あの子とは仲良くしないっていうのがあるじゃないですか。それを考えれば、これはべつにおかしいことじゃないよねって思ったんです」

――施設には他の子もいるわけですよね。施設での生活はどうだったんですか？

「う〜ん、高校生くらいの人たちもいたんで。当時、施設の中では、高校生から小学校の子に対する暴力があったんです。職員たちも気がつく範囲で止めてたんですけど……」

――目の届かないところではあった、と。

「そうですね。俺が小学校五年か六年のときだったと思うんですけど、高校生の人と廊下ですれ違ったときに、舌打ちをしたとか、どうのこうのって言われて、叩かれたんですよね。それで無性に腹が立って、絶対勝てんってわかっとるんですけど、顔面を叩いたんですよ。向こうは全然痛くもなんともなさそうで、その後、ボコボコにされました。

やっぱり小五の二学期をきっかけにしてなんですけど、俺の中では、引いたら負けや、ナメられたら終わりやっていうのがあって……。誰も守ってくれんのやけって一心で、それが正しいと思ってやってたんです。かなりあとの話になりますけど、それはやっぱり間違いやったなって。それじゃ生きていけんなってことに気がつくことになるんです」

小学生の頃はカウンセラーか獣医師になりたかった

学校にいた〝施設の子供〟は彼だけではなかったが、自分たちには特別な事情があること、他のみんなと違うことは自然に気がついていく。

それがわかりやすく示される授業参観や運動会はやはり嫌だった。

「授業参観で頑張ってなんかを発表しようと思っても、（親は）いないですからね。一応、施設の職員が来るんですけど、子供は何人もいるんで、一人ひとりを見られないじゃないですか。自分が発表したあとに来たりとか。頑張り甲斐《がい》がないなっていうのはありました。帰るときも他の子たちは手をつないで帰るんですけど、俺はひとりで帰ったんです」

運動会のお昼には、施設の子供たちで集まって弁当を食べていた。他の子たちがお父さんやお母さんと一緒に弁当を食べ、楽しそうにしているのを見せつけられると、「俺たちってこうなんや」と思うしかなかった。

施設で渡される弁当も、ふだんとは違う中身になっていたが、他の子たちが家族で食べている弁当とは明らかに違う。両親といた頃に食べていたものとは比べられないほどちゃんとした食べものなのに、味気なく感じられた。

施設の中では「芸能祭」という学芸会に似たイベントもあったが、それに関してもいい思い出がない。その芸能祭に向けて、出しものの練習をしていたが、うまく合わせられないことからモメて、出ないことになったときの記憶が強いからだ。

小学生、中学生、高校生がそれぞれ劇やバンド演奏などをやっていたが、彼は見ているだけだった。

途中までは頑張っていたのに、そうなってしまったことが虚《むな》しく感じられた。

◇

——同じ施設の子供たちは同じ小学校に通うんですか。何人くらいいましたか?

「同じ小学校に行くんですけど、俺の学年は七、八人おったんやないかな」

――その子たちとはどういう関係だったんですか？

「う～ん、良くもなく、悪くもなく、ですかね。みんな、なんらかの事情を抱えていて」

――それは言わない？

「お互い、親はナニしよるとか、なんでここに来たかとかは言わない。絶対言わないし、言えないですね」

――あまり楽しい小学校生活ではなかったんですかね。

「楽しかったこともなくはないんですけど、そんなに多くはないですね。人とぶつかることが多かったんで。職員からも学校の先生からも言われたのは、屁理屈《へりくつ》が多いって。全然、屁理屈じゃないんですよ。伝えたいことを自分なりに考えて言うんやけど。ま、屁理屈に聞こえたんでしょうね」

――それは直接、先生から言われたりした？

「人の話を聞けって、よく言われてました。聞いても意味ないなあと思ってたんで。どうせこう言うんやろとか、どうせこういうことを押しつけてくるんやろって。押しつけられる、決めつけられるっていうのがものすごい苦手になっていて。

周りの子を見ていても、たとえば成績がいい子とか、部活動で活躍するとか、なんでもかんでもできる子っているじゃないですか。大きくなったら何になりたいということでも、自分の親がこうなので自分もそうなりたいとかいう子たちを見てると、うらやましいなと思う気持ちと、かわいそうやなって気持ちがあるんですよ。用意された道の上でしか歩けんのやろうなって。自分でこれをどうする、何をするっていうのを本当は自分で見つけて、かたちにしていくべきなのに、最初から植えつけられとるんやろうなということでは、ものすごいかわいそうやなって。でもまあ、うらやましいな、とも思ってました」

――小学校のときに書いた作文に、将来の夢について書いたりはしましたか？

「そういうのは覚えてないですね。なんとなく人を助けたい、じゃないですけど、なりたいものは結構あったんですよ。カウンセラーにもなりたかったし、獣医師にもなりたかったし……。病院の先生は、なりたくなかったですね」

――小学生のときからカウンセラーって言葉を知ってた？

「悩み相談のようなものだったと思うんですけど、学校でやったことがあるんです。意見箱じゃないけど、嫌なことがあったら入れよう、みたいな。それで、ある女の子が、苗字《みようじ》をもじられてバカにされるのが嫌やっていうのを入れてて。俺はそのバカにしよる奴のところに行って、本人がこう言いよるからもうやめようや、みたいなことを言って。で、口論になったんですよね。いま思えば、バカ正直なことしたなっていう」

――正義感が強い？

「正義感なのか、なんなのかはわからないですけど、基本的に自分に害を与えない人のことは嫌いじゃなかった。なんか困っとるっていうか、モゾモゾしてるじゃないけど、そういう子を見てると、なんとかしようというか。なんかこう声をかけたほうがいいんかなっていう気持ちはずっとあったんですよね。中学校では荒れたけど、友達がまったくいなかったわけじゃないし、やっぱり慕ってくれる子もいたんです。

不良グループってあるじゃないですか。俺は絶対、合わなかったんですよね。いつも五、六人でたまってギャーギャー騒ぎよるんですけど、そこに入りたくはなかった。俺のほうでは、文句があるならいつでも来いって感じやったんです。結局、ひとりじゃ何もできんのやろって。群れてワアワア言いよって、強くなった気になって……。それでいながら一対一で会ったときには、何もないかのようにふるまうけん、情けないなあ、こいつらって思ってた。自分がそういう感じでいることはメリットになっとるところもあればデメリットになっとるところもあったんでしょうけどね」

事件のことは自分で調べた

――話は変わりますけど、両親に対する判決が出たとき、自分が何歳だったかという記憶はありますか？

「ほとんど覚えてないんですけど、施設のテレビが壊れたっていってテレビが観られない時期があったんですよ。あとで職員から聞かされたことなんですけど、あれは実は、そういう放送があったからだと。ああ、そうやったんやね、と。それが何回目の判決だったかとかは覚えてないんですけどね」

——最初の判決では二人とも……。

「死刑（判決）ですね」

——そのニュースは施設の職員から聞かされたんですか？

「聞かされたっていうよりは、どこにおるかもわからんから知りたいっていう欲求が俺にはあったんですね。それで宿直室とか事務所で職員たちが話しよる内容を重ね合わせて、ひょっとしたらそうなんかもしれんっていうのがあって。友達の携帯を借りてネットで調べたりして、そうなんやってわかったときに自分から聞きました。いまはまだどうのこうのと言われましたけど、いいから教えてくれってことで話してくれたのが〝いまはまだ会えん〟ということでした。〝悪いことしたから捕まっとる〟っていう説明しかなかったんです。いまだにそうなんですけど、母親が無期懲役で父親が死刑っていう実感はほとんどないんですよね。会いに行って話をするようになってからでもそうです」

——実感がない？

「（判決に対する実感だけでなく）自分の母親と父親であるっていう実感もないです。言うことはそれっぽいことを言うんですよ。母親として何もしてあげれんでごめんね、とか。父親からの言葉やと思って受けとってくれ、とか。いやいや、お前たち、どの口が言いよるんって。いままでさんざんなことをしてきとって、いまさら親ヅラするなよって。いちばんおってほしい時期に、いちばんあまえさせてほしい時期に何もなかったやんって。

自分は誰の背中を見て育ってきたのかって自分に問いかけてみたこともあります。誰かにそれを問われたときにしても、パッと出てこん時点でもう親じゃないなあと思って。いまの自分のこの歳になって、親がどうこうとかはまったく気にもしてないし。不必要なものやって考えてるんですけど。とくにいまさら親ヅラするなよっていうのが……」

——根本的な話になりますが、最初、お父さんとお母さんがしてしまったことを知ったときにはどう思いましたか？

「これ言うと、俺の人間性が疑われるかもしれないんですけど、悪いことをしたっていう認識がなかったんですよ。そうせないけん理由があったけん、そうしたんやろうなっていう。でも、だんだん調べて、わかっていくうちに、とんでもないことしとったんやなっていうのに直面して。自分の記憶をたどるようになったんですね。

そこで自分の考えと気持ちと実際にあの人たちがしたことを照らし合わせていくと、葛《かっ》藤《とう》が生まれるんですよ、俺の中では。俺もいっしょやんっていう……。これはいまだに消えないんですけどね」

——事件を知っていく過程で、それまでどうして学校に行かなかったのかとか、戸籍に入ってなかったとかいう謎も一気に解けていった感じでしょうか？

「一気にではないですね。徐々にです。（小学校に行きだしたときはまだ何もわかってなくて）小学校が一年生からあるっていうのも、だいぶあとに知ったんです。小学校は一年から六年まであって、六年で卒業だと」

——その先に何があるのかもわからなかった？　中学校、高校と。

「中学、高校なんて聞いたこともなかったし。まあ、クラスが増えて、勉強する内容がちょっと違うものになるくらいのもんなのかなって。実際に行ってみたんですけど、そんなもんではなかったですね」

——本名にすることになったのが小学校何年生のときだったかは覚えてますか？

「五年か六年……、五年生くらいですかね」

——周りの友達はなんで？　って。

「なんで名前変わったん？　っていうのはありました」

——そのとき、なんて答えるんですか？

「名前、変わったらしいって言うしかないですもんね。俺にも理由はよくわからなかったんで。とりあえず本当の名前じゃなかったらしいって。なんで？　って言われるけど、いや、わからんって。いまの小学生ではそうもいかないと思うんですけど、当時の小学校ではそれで通用したんです。わりと違和感なく、みんなが新しい名前を呼んでくれるようになりましたもんね。その裏ではたぶん、保護者が勘づいたり、調べたり、というのはあったと思いますけど」

笑うこと。人を好きになること

——学校に入って、多くの人たちと交わっていくなかで、楽しいことやおもしろいことがあったら、思いきり笑ったりとか、そういうことも当然出てきたわけですよね？

「う～ん、笑うのは、気がついたらできるようになってましたね。最初のうちは、ずっとひきつったような笑い方やったと思うんですけど。〝笑ったらブサイクやね〟っていうふうには、よく言われていたんで」

——でも、笑うようになった、と。

「それはやっぱり周りの友達のおかげやなあって」

——それは小学生ながら気づいたんですか？　笑っている自分がいるっていうことに。

「ま、少しは……。それで、なんで笑うようになったんかなあっていうきっかけを探ると、あ、俺、この子と一緒におったからなんやとか、こいつと付き合ってきたからなんやとか。恋愛感情うんぬんじゃないですけど、人として付き合ってきたからそうなるんやなっていうのが、うっすらわかるようにはなりました。友達を選ぶようになったんですよ」

——小学生でもクラスに気になる女の子がいたりするじゃないですか。そういう記憶ってありますか？

「好きって言われたことはあったんですけど、好きがなんなのか、全然わからんで」

——わからないというのは、言葉の意味じゃなくて、その感情がってことですか？

「いや、好きって意味はわかるんですよ。でも、何の好きなのかがわからなかった。人として、友達として、彼氏彼女としてっていうのが……、俺の中では友達として好き、しかなかったんです。それで〝ああ、そうなんや。ありがとう〟で終わってたんです。初恋っていうのはもっとあとになりますね」

――好きって言われて嬉《うれ》しいって気持ちは？

「まったくなかったですね。ありがとう、とは思ったけど」

――ありがとう？

「ありがとうになるんですね。いまは全然違いますけどね」

――小学校だとバレンタインのチョコは？

「あ、もらいました。それに対しての感情もないっていうか、やっぱりありがとうで終わってしまうみたいな。いまなら時間をかけて気持ちを込めて作ってもらったというようなことが理解できるんですけど、その当時の俺は、食べものをもらった、ありがとう、としかならなかった。くれたひとりから怒られたことがありましたね。なんで、そんなにそっけないん……じゃないけど、〝他に言うことないん？〟みたいなことを言われて。当時としては〝ありがとうしかないやろっち〟って。いまは申し訳なかったって思いますけど」

――小学校を卒業するとき、特別な気持ちになったりはしましたか？

「ないですね。淋しいなって気持ちもなかったです。また中学行ったら会えるやろ、くらいしか。そこに知らん人が増えとうくらいやなあって感じでした」

児童自立支援施設、定時制、そして泣きたくなる生活

二時間くらいの予定で始めたインタビューも、このあたりですでに四時間以上が過ぎていた。そこで私は「今回はこのあたりにして、次回、中学校の話からしようか」と提案したが、彼のほうで話し足りないことがあると感じたようだった。自分のほうから小学校時代のことを補足しはじめてくれた。

最初は公立小学校に入ったが、学校に行かなくもなり、問題児として扱われた。そこで、熊本県の児童養護施設に移されたことがあったのだそうだ。

「最初の施設では先生たちの手に負えんちゅうことで児相（児童相談所）に預けられ、児相から熊本の施設に移されたんです。そこでも脱走したりして。結構、悪さをしとったんです。二階で鍵をかけられてるんですけど、ちょっと開くところがあって、そこから脱走して。足を滑らせて骨折したりとかしてました」

その後にまた北九州の小学校に戻ったが、それが小五の二学期になる。

彼自身もその話をしているうちに、自分の記憶がつながったようだ。

その段階で本名に戻り、事件のことを口にする子も現われた。それで椅子を投げつける事件を起こしてしまったということだ。

その後、中学校に入学して施設から通ったが、中学校でも問題視された。そこでまた児相に戻されたあと、今度は児童自立支援施設に行くことになったのだという。その児童自立支援施設は「少年院に近い」と振り返られるような施設だったそうで、そこには八か月くらいいた。

中二になる頃、里親となる人が現われ、児童自立支援施設を出た。

その里親については「あまり語りたくないし、名前も出してほしくない」というが、とにかく里親ができたことで中学を転校した。

その中学では、優等生として通すように言い聞かされていながら、やはり問題も起こした。それでも友達はできたし、卒業もした。

高校は定時制を選んだ。

「ガソリンスタンドでバイトして七時半から三時まで働いて、いったん帰って三時半までに家を出て、そこからバスと電車に乗って学校に行って授業を受けてました。だけど俺は、その里親さんと性格があわずボストンバッグふたつ持って家を出たんです。

友達の家を転々としてましたけど、あまり迷惑はかけられんからどうにかせないかんってなったとき、友達の紹介で料理屋さんの大将のところへ行ったんです。その人は何も理由は聞かずに〝今日からここがお前の部屋やけ〟と住み込みにしてくれたんです。やさしくしてもらったプレッシャーも大きかったんですけどね。

高校のほうは、住所不定ではダメだということで一年くらいで自主退学というかたちになりました。高校の職員が届けに名前を書けってわざわざ店にまで持ってきたんです。それでその料理屋さんも辞めました」

その後、また別の知り合いに働く場所がないかと相談したことから、住むアパートを紹介してもらえる土建業の事務所を紹介された。

「そこに行って、〝ここがお前の部屋や〟って言われたんだけど、（あまりにひどくて）涙が出るようなところだったんです。〝俺、こんな扱い受けないけんのやあ〟って……。それまでに普通の生活を知っていたから、ひとりで生きていくのはこんなにキツイんやと思って。とにかく電気もガスも水道も来てなかった。しばらくして電気は使えるようになったけど、前の奴が滞納しとった光熱費とかまで俺の給料から引かれて、これはもう、絶対いいようにされるだけやな、と思いました」

ほとんどお金をもらえず、食べるものにも不自由した。その頃には携帯電話を持っていたが、料金が払えず止められていた。仕方なく公衆電話から友達に電話をすると、「うちに来いや」と言ってもらえたのだそうだ。

迷うことなくアパートを飛び出した。

「そのときは泣きながら逃げていくような感じでしたね。それで、その土建業を紹介してくれた奴に電話して、（ひどいところだったと）文句を言ったら、〝いまは別の会社におるんだけど、そこに来んか？〟と言われて。不安はあったけど、生きていくためやから仕方ないと思って、行ったんです」

そこに移り、ある程度、時間が経ってから、その事務所が暴力団とつながっていることを知った。

その後、警察に保護されるかたちでその事務所は出ることになる。

それからもやはり一か所に落ち着くことはできず、さまざまな仕事を経験した。再びガソリンスタンドで働いたほか、建設現場の足場工事や解体作業、農作業などもやった。それでも、どうにも立ち行かなくなり生活保護を受けていた時期もあったという。

それについては申し訳なくも感じていたが、最低限の生活だけはできるようにはやはりなりたかった。

「やっと、なんとか人間になったんやけ」

そんなふうにも思うようになっていた。

第四章　冷遇される子供たち

十七歳のハローワーク

やっと、なんとか人間になったんやけ――。

つらい目に遭いながら、ひとりで社会で生きていたときの気持ちをそう言葉にしたところで最初のインタビューは終わった。

その後、二度目のインタビューを行い、番組を放送したあと、彼から紹介されていた田中敏夫先生（仮名）にも取材をさせていただいた。

〝犯罪者の子供たちがこの国で行きていくことの難しさ〟が痛感されたので、実際はどうなのかを教えてもらいたかったからだ。

現実に取材した順序とは異なるが、田中先生のインタビューを先に紹介しておきたい。

インタビューを行ったのは二〇一八年一月二十九日、北九州市内のホテルの一室だ。

彼のいないところで事を進めたくなかったので、この取材の依頼は彼にお願いしており、当日は同席してもらった。

田中先生は中学校の教員であり、生活指導の専任になることが多かった。

北九州市では市内六十二校のうちの二十一校に授業を行わずに生活指導の専任になる先生がいるのだそうだ。その役割を果たす期間が長かったので、教育委員会で生徒指導を担当する課に配属され、警察と連携することになった。「立ち直り支援」、「生徒の犯罪防止」、「暴力団に入れないようにすること」などが目的だった。

最初に先生が彼と関わったのは、直接ではなく間接的なことだった。

松永の死刑判決が出される際、マスコミが彼に接触しようとすることが予想されたので、彼は施設から児童相談所に移された。その際に彼が、判決文を読んでしまっていたのだ。

第一審の判決が出たのが二〇〇五年九月なので、彼は十二歳だった。早生まれのうえ一学年下のクラスになっていたので、まだ小学生だった。

彼が読んだ判決文は刺激が強すぎる箇所には黒塗りしているものだったが、それでも彼は落ち込んだ。そこで、彼を学校に戻していいかが検討された際、意見を求められることがあったのだという。

そのときは結局、彼はすぐに施設と学校に戻った。

その後、児童自立支援施設に移されたあと、里親に引き取られながらもうまくいかずに飛び出し、就職にも困っていた彼は児童相談所に立ち寄った。その控室で偶然、会ったのだ。

田中先生は振り返る。

「高校を中退して、友達の家に寝泊まりをしていたときだったのかな。就職先もなく、何もできないというので、一緒に仕事を探そうとハローワークに連れて行ったんです。結局、そこでも仕事は見つからなかったんですけどね。ハローワークでは十七歳で登録しても、該当する募集はないんです。年齢不問の求人に問い合わせてみても、十八歳未満は難しい場合が多い。十七歳と十八歳では全然違うんです。

それで彼は自分で見つけた土建業の仕事に就き、その次には、暴力団の事務所だとは知らず、そこに住み込みすることになったんです。ヤクザのタコ部屋のようなところだったんですけどね。警察が介入してそこを辞めさせたあと、次がとび職ですね。そうすると今度はまた暴力団のほうがプレッシャーをかけてきた。〝うちの若いのを抜いたろう〟みたいな話ですね。それでとびの側でも、うちで雇っているわけにはいかないとなったんです。

そのあと彼は、またガソリンスタンドで働くようになったり仕事を転々としてたんですが、やっぱり住むところもないような状態になって途方に暮れていたので、生活保護の申請をしろと言ったんです」

住み込みの仕事を見つけない限り、住む場所がない状況だったが、部屋はそんなに簡単に借りられない。収入がなく保証人もいないのだからそれも当然だ。そこで生活保護を受けて家を借りられるようにするしかないと考えた田中先生は、彼を区役所に連れて行った。しかし、そのとき彼はまだ十七歳だった。児童福祉法の管轄になるので生活保護の対象にはできないと断られたが、田中先生は引き下がらなかった。

生活保護を受けられなければホームレス支援機構に頼ることになるなどと話し、特例として十七歳で生活保護認定が受けられるようになったのだ。

「相手がよく知っている課長だったこともあったし、区役所としても教育委員会としても、この子のことはなんとかしてあげなくちゃいけないという話をして、認定が受けられることになったんです」

〝親代わり〟としての未成年後見人

生活保護を受けるようになり、住居は借りられるようになったが、そのままでは自立は難しい。彼の立場ではなかなか仕事も見つけられない。

仕事を探しやすくするため、車の免許を取ろうと考えても、教習所にかかる費用を払うためにはローンを組む必要がある。

「免許を取ろうとなったのは、十八歳になってからのことですけど、ローンを組むにも保証人が必要になります。そこでどうするか考えて、私が未成年後見人になることにしたんです」

未成年後見人は、未成年者に対して親権を行う者がいないときなどに第三者が選任される。一般的には両親を亡くして遺産があるときなどに、その財産管理などを担うことになる場合が多い。いわゆる法定代理人だが、田中先生がなろうとしたのは〝親代わり〟にも近かった。

田中先生は言う。

「彼の場合、仕事を探すにしてもなんにしても、両親のことを聞かれれば、何も話さないわけにはいかず、そうなると事がうまく運びません。その説明をしなくて済むようにすることが必要かなと思ったんです。ちょうどその頃に私は、警察関係の仕事をやめて学校の教頭になっていたんです。そういう立場なら問題はないと考え、その学校の校長とも相談して、未成年後見人の申請をすることにしました」

そこで家庭裁判所に行くと、「本当に後見人になるんですか?」という反応が返ってきた。未成年後見人を立てるための組織もあるので利用すればいいのではないかとも勧められたが、そういう機関に頼る気はしなかった。それまで立ち直り支援をやっていた立場からいっても、最後まで自分で責任をもちたかったからだ。

対象の未成年者に遺産などの資産がある場合は、資産目的ではないかと勘繰られることもあるが、彼には資産などはまったくなかった。

正式に申請するとすぐに認められ、彼の戸籍謄本には未成年後見人として先生の名前が記載されることになったのである。

それにより、彼が提出する履歴書には、保護者として先生の名前を書けばいいことになった。成人するまでのあいだではあるが、それでも彼はずいぶん助かったはずだ。

「未成年後見人になることで奥さんには反対されませんでしたか?」と聞いてみると、「そんなことはないです」と田中先生は笑った。

「えー⁉　とは言いましたけど、そういうことに関しては言っても聞かないと思ってるんです。俺の責任でやることでお前に迷惑をかけることはないということは、常に言ってたからですね。こっちの性格もわかっとるから、言うても仕方がないみたいになるんです。

保証人になるのはある種の博打《ばくち》かもしれませんが、そのへんでの不安はありませんでした。彼はそういうところで律儀なんですよ。保証人になったあと、私はこの子から通帳を預かり、お金に困ったときは振り込んであげるから言ってきなさい、というふうにしてたんです。それで実際に振り込むことがあっても、給料をもらったら、とにかくいったん返させる。それは必ず守ったし、そういうところをルーズにしないのはわかっていたんです。

車を買うときにもローンを組んだので、そのときには〝あまり高いの買うなよ。俺の小遣いの範囲で保証できるぐらいの額にしといてくれよ〟とは言いましたけど（笑）。車にしても、実際に彼が払える額のものでしたから」

正義を気取るだけでは子供は救えない

少し話を戻すが、田中先生は初めて会った頃の彼の印象をこう話す。

「頭はいい子だなっていうのは、しゃべっているときにわかりました。比較的、頭の回転が速い。ただ、やっぱり生育歴からなのか、すべてに対してちょっと悲観的に見ることがありましたね。どうせうまくいかないやって。でも、それは仕方がないと思うんですね。

彼が私を信用してくれたかどうかですか？　信用されているかいないかというより、こっちはやれることをやってあげればいいと思っていたんです。そのうち信用してくれればそれでいいかな、という感じでしたね」

彼に対して何かを与える、何かを施す側にいるという意識はなかったということだろう。田中先生は「自分のほうが教わったことも多いんです」と言って、こう続けた。

「私らはそれまで自分たちの正義をただ振りかざして自己満足していただけだったんですね。たとえば、相手がヤクザならそこから引っ張り出したほうがいい、となります。引っ張り出すことが正義なのでそうするのが正しいんだと。だから、とりあえずそこを辞めさせて、就職先を見つけてあげる。でも、その後には結局、ヤクザからとびの現場にプレッシャーがかかって、前よりも悪い状況に陥ってるわけですよ。

そうなったとき、それを仕方がないで済ませていいのかって話ですね。暴力団の事務所では世間体は良くなくても、住むところがあって、働く先があり、小遣いもくれる。それなりに心地のいい生活が送れていたのに、誰かがいきなりやってきて、そこから引っ張り出して、より厳しい状況に置かれてしまう。私らは勝手に正義を気取っていただけで、実際は全然ダメなんだなという思いがあったんです。

それで、この子に信頼してもらえるような人間に私のほうがなれればいいかなとは思いましたけど、それはこの子自身がどう感じるかということなので……。

未成年後見人になったのは、そういう立派な考えからではないですね。とにかく自分がこの子に関わってきた以上、何をすべきかということを考えたら、やっぱりこの子の保護者の代わりに誰かがならんと、この子の人生には先がないと。だったら人に任せるちゅうわけにはいかんやろっていう、ただそれだけだったんです」

彼を叱りたいと思ったことはない

その後も田中先生は、彼の成長を見守った。

「着実に成長していき、そのうちだいぶ落ち着いてきましたね。これまでにも〝こんなトラブルがあったのでどうすればいいか〟と一応、こちらに相談してくることはあって、そういうときにちょっとはこっちの言うことを聞くこともあったんですけど、だんだん、私の言うことをよく聞いてくれるようになったと思います。

一時期は何か嫌なことがあったらすぐにケンカしてました。……でも、どっちかというと、この子はヤンチャな子たちがあまり好きじゃないんですよ。自分もちょっとヤンチャなほうなんだけど、そいつら（別のヤンチャな子たち）にちょっとでも言われると、すぐに、お前、潰《つぶ》したろか、となるみたいな。良くも悪くも、失うものをあまり持ってないから、すぐに行けますわね。こんなこと言ったらいけんけど、自分がどうなっても悲しむ人はあまりおらんと思うとるからです」

田中先生と出会ってからも、彼がケンカをすることはあったようだ。

当時、彼がやってしまったケンカには次のようなものがある。

たとえばガソリンスタンドで働いていたときのことだ。いかにも態度の悪い客が「お前、はよ、入れろ」といった言い方をしてくることがある。それでも彼はカッとしたりはしないで、「たいへん申し訳ございません。少々お待ちください」と給油を行う。それで給油口を閉めると、「お前閉まってねえぞ」と、その客は自分で給油口を開ける操作をしてくる。それが何度か繰り返されていても、「やめてもらえますか」と感情を抑えているが……。

「俺は客やろ、ぶち殺すぞ」などと言われてしまうと、途端にキレてしまうのだ。

田中先生は言う。

「ぶち殺すぞとか言われたら、こいつが思うことはたったひとつですからね。殺せるもんなら殺してみろと。人を殺したこともなければ、殺人現場にいたこともないのに、簡単に〝殺す〟なんて言葉を口にするな、というわけです」

◇

——出会った頃などに彼を叱ったことはあるんですか?

「ないです」

——叱りたいこともあるんじゃないですか?

「いや、ないです、ないです。これまでもたいがい、ヤンチャな子たちを預かってきました。それでたとえば、何もしてない子に暴力をふるったりすれば、ふざけるなよ、という話になります。約束を破るといったことがあったとしてもそうです。

でも彼は、そういうことはしないんですよ。彼なりの理屈があって、考えがあってやっているとなので、それを頭ごなしに怒っても仕方がないんですね。お前がやっていることはわかるけど、その考え方はちょっと違うよねって。こう考えるべきじゃないの、こうするべきじゃないのって、少しずつ方向を修正していかないといけない。

彼が暴力で解決すべきだと思うようなことがあるのは、悲しいかな、彼が育ってきた経験の中で学んできてしまったことなので。こっちの価値観だけを押しつけても仕方がないんです。

我が子だったら、それまでに言ってきたベースがあるので、ダメなときはふざけるなよと言えますが、ある程度、彼の考えを認めてあげないといけない。頭ごなしではまったく……」

――先生の前で彼が涙を流したことなどはありましたか？

「ないです。そんなのはまったくないです」

◇

それまで口を挟まずにいた彼は、そこで初めて口を開いて話の中に入ってきた。

「泣いたことなんてないからね」

インタビューの中では涙を流した話もしているが、簡単に人に涙は見せられないということなのだろう。

彼の言葉に笑ってから、先生は続けた。

「私は基本的にそんなに積極的に関わろうとはしていないんです。というのは、彼が自立できるかどうかが大事だからです。

自分の子供でもそうだけど、そんなにしょっちゅう話をして、人生を説いているわけではないですよね。うちの息子なんかは、金がなくなって困ったときくらいしか私のところには来ませんから。〝お父さん、ちょっと金貸して〟とか。でも、それが言える相手がいるかいないかの違いは、すごく大きいんだろうと思うんです。この子にしても、本当に困ったときに相談できる相手がいれば、やけを起こさず電話してきてくれるかもしれない。少なくとも天涯孤独というふうに思わなくて済むかなと。

いまは一緒に住んでいる彼女（奥さん）もいますから、彼女に相談することもできるんでしょうけどね。それにいまは彼もきちっと稼いでいますから、私にお金のことを言ってきたりはまったくしません。

やっぱり（普通の家庭で育った）十八歳、十九歳ではなかなかそうはいきません。うちの息子が、十八歳、十九歳でひとりで家賃も何もかも払いながらやっていけるかといえば、とてもやっていけないだろうと思うんですよ。

親の支援があって初めて成り立つことはあるのに、この子はひとりですべてをしなきゃいけない。だから、誰かが少し支えてあげる。

ひょっとしたら支えてもらえるかもしれないという人がいればそれでいいかなと思っていたので、必要以上には彼には関わろうとしなかったんです。こうしろああしろと言うことは、ほとんどなかった。彼から相談されたときに、こうしたほうがいいんじゃないか、こうするべきだという話はするようにしていただけなんです」

無理して弟を引き取ることはない

――借りることができたアパートを覗《のぞ》きに行ったりとかはしましたか？

「全然、行かなかったですね。家の前まで何回か行ったことがあるだけです。契約の更新とかをしなければいけなかったときですけど、家の中に入りはしなかった。彼女とも、誕生日のときに一回、一緒に食事しただけなんです。……誕生日じゃなく、成人のときやったかな。そのときに、なんとかお前ら頑張って結婚式を挙げられるようになって、俺もそこに座らしてもらえたら嬉《うれ》しい、みたいな話をしたんですけどね」

――弟さんはどうですか。弟さんも施設に入っていたわけですよね？

「入ってました。弟は歳がちっちゃかったので、あまり影響を受けてなく、適応異常を起こさなかったみたいです。保護されたときも小学校に入る頃の年齢で（当時五歳）、他の生徒も勉強が進んでない中に入ったので、周りとの差もあまりなかったんですね。

この子の場合は、四年生の年齢なのに三年生に入ったのかな。しかも、それまで学校での勉強をしてないで、いきなり入れられたわけですから、うまく適応できないですよね。この子は感受性が強くて、いろんなことを自分で考えちゃうほうだから、どんどん悲観的な行動パターンになっていった。暴力で相手を屈服させようとしたりとか。いろんなことが起こって、結局、施設におられなくなってしまったんです。

弟は、それがないもんだから、ずっと施設にいて、施設から高校に行きました。高校卒業後に引き取ろうかどうかという話にもなったんだけど、私のほうが〝無理をするな〟と言ったんです。〝弟は弟でやっている。将来的に一緒に暮らすなら暮らしても構わんだろうけど、兄弟の絆《きずな》が切れるわけではないから、無理してすぐに引き取って、お互いが苦しい状況になることはない。弟は支援のレールに乗っかってるわけだから、そのレールに乗っけといたほうがいいんじゃないの〟って」

――先生は弟さんに会ったことはあるんですか？

「ないです。名前だけしか知らない」

父親との最初の面会。そのとき彼は……

――緒方純子受刑者に会ったことは？

「お母さんには会いました。彼と一緒に」

――それは、後見人になってからですか？

「いや、後見人になる前です。この子が言ってくれたこともあって、ちょっと手紙のやり取りをするようになっていたので、実は後見人になろうと思っています、みたいなことを手紙に書いてたんです。それで会いに行って、〝お母さんには申し訳ないけど親権を放棄していただけないか〟という話をしたんですね。第三者が未成年後見人になるためには、実際の親が親権の行使ができないことが条件になるからです。裁判所からは、放棄の手続きをしなくても、親権を行使できる状態じゃないので認められるかもしれませんと言っていただいたんだけど、直接、話をしに行きました」

――どんな印象でしたか？

「正直言って、この人が本当に人を殺したんだろうかというような本当におとなしいタイプです。凶悪な感じにはまったく見えないですよね。字も綺麗《きれい》だし、それなりの教養もある。手紙に使っている漢字とかを見れば、教養はある程度わかりますから。幼い頃からきちんといろんな習いごととかもされて育ってきた方なんだろうな、というふうな」

――彼女は、先生に感謝されているような感じなのでしょうか？

「そうですね。そのときは一緒に行って、彼の前で未成年後見人の話をして。納得もされていました」

彼が初めて父親の面会に行ったときには田中先生がついていかれたそうで、そのときのことも話してくれた。

「この子が初めてお父さんの面会に行くときに〝一緒に来てほしい〟というから、ついていったんですね。そのとき、この子は会う前から震えてました。怖いって言って。〝だったら無理して会わんでいいぞ〟と言ったんですけど、〝会ってどうしても言いたいことがある〟ということだったんです。

私はそのあいだ待ってたんですけど、面会のあと、北九州まで帰ってくるあいだ、ずっと事件の話を聞かされ続けたんです。漏斗を使ってペットボトルに詰めて海に捨てにいったというような話ですね。いろいろなことを整理したかったのか、話すことで気持ちを落ち着かせたかったのか、どちらかだったんでしょう。

その当時、マンションの部屋からいなくなっていく人たちがいても、自分にとってはおじいちゃんやおばあちゃんにあたる人たちだったということがわかっておらず、殺されていたとも認識していなかったわけです。あの頃は裁判資料とかを読んで、自分の記憶に残っていることと実際にあったことが初めてつながったときだったんでしょうね。それで、違和感のあるところをお父さんに聞きたかったのかもしれません」

◇

このときは彼が「スーツを着ていきたい」と希望したため、先生が若い頃のスーツを貸してあげたのだそうだ。スーツのことは覚えていないという彼は、父親と再会したときのことをこう振り返る。

「大きくなったね、というような言葉はなく、まず〝そろそろ来るような気がしとった〟って言われました。とにかくゾワゾワしましたね」

◇

――先生はそもそもあの事件をどう受けとめていますか？

「びっくりしましたね。しかも小学生が保護されたっていうんだからなおびっくりでした」

――まさかその子供さんが……。

「そうです。まさかこういうかたちになるとは、当時は思いもしませんでした。報道規制がかかっていて内容すらあまりオモテに出てこない事件だったので」

――でも、後見人になられた。人生を考えさせられますね。

「そうですね。こうなった以上は、やっていくしかないです。いま無事に生活をしているのは本当にありがたいな、と私は思ってますけどね。本人の前で言うのはなんですけど、あとは本人が自分の子供をつくろうという気持ちになってくれればいいかなって」

――それは、私も思うな。

「本人がそう思えるようになったら、たぶん精神的にもいろんな呪縛《じゅばく》から解放されるだろうなという気持ちはあります。無理してつくろうと考える必要はないんだろうけれども」

犯罪者よりも冷遇されている子供たち

先生へのインタビューはこうして終えた。

そこで私は彼に対して、「保護されて小学校に通い始めたとき、適応できなかったのはどうしてだと思うか？」とあらためて聞いてみた。

彼は答える。

「自分なりに思うのは、教育の枠にはまらなすぎた、はまりきれなかったから……。普通の子が受ける授業ではなく、工作の時間などを設けてくれたんだけど、他の子の目もあるし、この学校では手に負えないから別のところに移そうかみたいにもなったので。そうするとやっぱり、たらい回しにされているのが子供心にわかるんです。煙たがられとるというか、腫《は》れものに触るようになってるな、と」

彼の回答のあと、先生も補足してくれた。

「本来であれば、保護した時点で〝育て直し〟をしなきゃいけなかったと思うんですけど、そういうシステムがないんですよね。あまりにもレアなケースなので。変な話、少年自身が犯罪者になっているのであれば、そのプログラムはあるんです。彼の場合は、加害者の家族というだけなので、何のプログラムにも乗っからないんです。

だから、ただ親がいない子として保護され、施設に預けられたけど、施設のほうでも殺人現場にずっといたような子を保護したことなどあるわけがないですから。対応らしい対応ができない。何かできそうな施設に預けようという話になっていくんだろうと思います。みんながどう対応していいかわからないから、手探りになり、彼からすれば、腫れものに触るように扱われている感覚になるんでしょうね。たらい回しにされたというのは、そのとおりなんだけど、関わってきた人たちは人たちでみんな、なんとかしてやろうという思いはあったはずなんです」

こうして話してくれる田中先生に、もうひとつ聞きたいことが出てきた。

「後見人になって、彼がもし何かの罪を犯したら、自分の責任になるということは考えなかったんですか?」

この質問に対して、田中先生はこう答えてくれた。

「それは多少、思いました。しかし、その部分では腹を決めないと、やれないですからね。彼と同じような境遇にある子はたくさんいます。彼の両親の事件ほどではなくても、家族が犯罪者になってしまい、子供が残される……。これからも、そういうことがまったくなくなることはないと思うんですよ」

だからこそ、誰かが何かをしてあげなければならない——。

そういうことなのだと私も思う。

田中先生は最後に言った。

「ある意味、彼らは、犯罪者よりも冷遇されますから」

第五章　消えない記憶と、これからの人生

トラウマは「いつかよくなればいい」

彼への二回目のインタビューは、最初のインタビューの三日後に行った。二〇一七年八月二十四日だ。こちらの都合もあったが、その日、彼は仕事を休んでインタビューを受けてくれた。空港まで迎えにいくというLINEも届いていた。彼との始まりはクレームの電話だったのだから、こんなことになっていくとは考えてもいなかった。

第一回のインタビューは、筋書きがなかったどころか、打ち合わせもほとんどないまま行っていながら、私の想像をはるかに超えるほど濃密なものになっていた。彼は終始、自分の言葉でこれまでの生き様を語ってくれた。第二回のインタビューもそれを超えるものにしたかった。前回の手応《てごた》えは安心感になるのではなく、むしろプレッシャーを大きくしていた。

当日、北九州空港に着いてすぐ彼に電話を入れ、彼が待っていてくれる駐車場に向かった。彼は車が好きだそうで、彼なりに愛車をドレスアップしていた。ヘッドライトを改造していたり、車内の窓にはカーテンをつけているような感じだ。かといって暴走族のような改造ではない。どちらかというと走り屋なのだろう。私を乗せて走り出したあとも、それなりのスピードを出していた。

「それ以上、スピードを出さないでほしい。法定速度は守ったままにしてくれ」と私が訴えると、「当然だよ」と嬉《うれ》しそうに笑った。

そんなやり取りをしながら、彼にとって私はどんな存在なのだろうかと考えていた。ただのマスコミのおじさんなのか、最近、仲良くなった年上の友達なのか……。

そのうちインタビューを行う北九州のホテルに到着した。前回と同じ場所だ。人目がなく、彼が安心してインタビューに答えられる場所といえば、やはりホテルの部屋になる。カメラのセットができると、さっそくインタビューを始めた。

まず聞きたかったのは前回の取材で話を聞いて、気になっていたトラウマについてだ。

◇

――前回のインタビューで階段は片足ずつおりるとか、夜は光を点《つ》けずに過ごすとか、家を出るときはドアの反対側を確認するといった話がありましたが、そういう癖はいつ頃から始まったんでしょうか？

「中学校に入る前くらいからですね」

――なぜそうなったと自分で考えていますか？

「扉のうしろを確認したり、うしろから誰か来てないかとか確認するようになったのは、親がやっていたことを知りだした頃から強くなったというのがあります。それを知る以前に関していえば、人間が怖かった。なので、何かされるんじゃないかって気持ちからそういう行動が出たんだと思います」

――いまは直ってきている?

「周囲の確認をするということに関しては、ずっとですね」

――光が苦手で暗闇の中にいるほうが落ち着くというのもそうですよね?

「そうです」

――それを克服するときはくるのでしょうか。

「まあ、努力は続けていくんで、いつかよくなればいいなと思っています」

◇

淡々と彼は語ってくれたが、彼が抱える闇の深さを知らされる言葉だ。

自分の意思とは関係なく稀代《きたい》の殺人者と呼ばれる両親のもとに生まれ、学校にも通わせてもらえず、ことあるごとに通電を受けてきたのだ。普通では想像もしにくいその日々が彼の心にトラウマを残さないはずがない。

子供は親を選べない。だから、あきらめるしかない

この後、両親との面会について話を聞いたが、この本では、彼が生きてきた時間に合わせて中学時代についての部分から振り返っていきたい。

◇

――小五の二学期に友達に椅子を投げつけたところから「変わった」ということでしたけど、中学校時代はどのように過ごしてたんですか？

「簡単にいえば、荒れてましたね、ものすごく。もう周りが全員、敵に見えるし、大人のことなんて信用してなかったですから。こうしなさい、ああしなさいって言われると、わかることはわかるんです。ただ、他の子たちができるんだからあなたもやりなさい、と言われるのがすごくしんどくて。いっしょにしてほしくないっていうか。いっしょにしたらいかんやろって。それって結局、俺のあまえだったと思うんですよね。自分はそういう環境に育ったんやけ、他の子とは違うんやけって。それを理由にしてずっと生きていけば、自分を特別扱いしてよってことになるんで、それじゃいかんなって思います」

――友達とは違うこと、友達にはできて自分にはできないことってどんなことがあったんですか？　勉強だったり……。

「勉強についてはあんまり考えてなかったですね。たとえば自由な時間だったり、そういう部分ですね。施設では門限が五時で、基本的にそれまでに帰らなくちゃいけなかったんですよ。他のみんなは学校が終わって、一緒に遊びに行ったりするじゃないですか。でも、俺たちはできないんです。そういうことから学校の中でも温度差が生まれてくるんです。それで自然に噂されるようになるんですね。あの子は理由があって施設に入っとるって。

俺が施設から通ってるっていうのはもう隠しようがないことなんで」

——直接言われたりもするんですか。差別やいじめみたいなものはあったんでしょうか？

「差別はあったと思います。いじめもあったのかもしれないですけど、俺自身はいじめられてるってふうには捉《とら》えてなかったですね」

——直接的にお前の父親は犯罪者だと言われるようなことは？

「ありました」

——殺人犯だとか人殺しの息子だとか、そういうことを言われたこともあったんですか？

「何人かからは」

——そういうときはどう返すんですか？

「したのは俺じゃない、って言います。関係ないとまでは、そのときは言えなかったですけど、したのは俺じゃないって。いまなら関係ないって言えますけどね」

——それで友達は納得するんですか？

「納得しないですね。（事件に）興味をもったような子はどんどん自分の前から消えていきますし、バカにする子はとことんバカにします。そうなると自分自身、我慢できなくなって、どうしても手が出てしまうんですよね。そしたら相手が黙るじゃないですか。それで、ああ、これでいいんやって。むかつく奴がおったり、バカにされたりしたら、暴力でなんとかなるんやって。当然、そういうことをしていると、自分にも返ってくるんですけどね」

——学校では、どちらかというと、浮いていたほうなんですか？

「そうですね、浮いてましたね、たぶん。友達はいましたけど、ごく一部でしたから。小学校のときはちょっと変な子じゃないですけど、協調性がないっていう感じで浮いてて。中学校になると不良っていう意味合いで浮いてました」

——そういう中で門限が五時に決められているような生活をしていたということで、いま中学時代を振り返ってどうですか？　自分の人生を恨んだりとか、なんで人からこんなこと言われなくちゃいけないんだとか……。

「う〜ん、言い出したらキリがないんですけどね。なんで、みんながやってることを俺がやったらいけんのやろうかとか。そういうことはあえて言わないですけど。ひとつ結論を出すとしたら、子供は親を選べないんですよね。だから、なかばあきらめるしかない」

——あきらめる？

「中学校の頃はあきらめてましたね。自分は未成年で何もできんし、それを親のせいにしたって何も変わらんし。いまでも親のせいとは思ってるんですけど、そう考え続けていても自分にプラスがないんで、そう考えたらあきらめるしかなかったんですね。いまはもう、これで我慢するしかないって。社会人になって自分で生活していくようになれば、いままできんことをやれたり、生きたいように生きられるようになるからって」

何をやっても、壁にぶつかる

先生や友達との関係性においても、ねじれといえるようなものはあったようだ。

たとえば学校には、いわゆる熱血先生がいて、何かと語りかけてくることもあったが、その言葉がすべて嘘に聞こえた。

「俺はお前のためを思って言ってるんだ」と言われれば〝俺のためを思うんやったら、そっとしておいてください〟という気持ちになる。「お前もきついやろ。大変なのはわかる」と言われれば、〝いや、先生に何がわかるん?〟と返したくなる。そんなやり取りをしたくはなかったので、先生と話すことはできるだけ避けていた。

施設で野球をしていたこともあり、中学校では野球部に入ったが、一年経たないうちに部活に行かなくなった。それもやはり、先輩たちと合わなかったからだ。

先輩がおかしい、と思ったとき、彼はそれをそのまま口にする。そうすると先輩は手を出してくることもあるが、そうされたときに、黙ってやられているままではいられない。施設の中で高校生に絡まれても引き下がらなかったように、やはり手を出し返すなどしていた。

「なめられたら終わり、バカにされたら終わり、っていうのは自分の中にはずっとあったんです。俺が中一で、相手が中三だったら、ものすごく体格差があるので勝てるわけがない。それでも何かしら爪痕《つめあと》は残したかったわけですね。たいがい、やられてましたけど」

同じようないざこざは、部活以外でも少なくなかった。

廊下で先輩とすれ違うようなとき、「誰にガン飛ばしよるんや」と絡まれたようなときにも、「そんなことしていません」とは謝れない。「うるせぇ！」と返してしまうことで、揉《も》めごとを大きくしてしまった。

「まあ、問題児ではありました。その当時の同級生とか、同じ学校におった人たちみんなに迷惑をかけたなって思います。だから、社会人になってから会ったようなときに謝ることもあるんです、あのときは申し訳なかったですって」

◇

――中学時代はとにかく荒れていたということになるんでしょうか？

「そうですね。いつもそうしているのはめちゃくちゃ疲れるんですけどね。常に気を張ってないといけないんで。でも、それをやめたときに、どうなってしまうんやろうっていう不安とか恐怖はありました」

――補導されたりするようなことは？

「ありましたよ。たとえば夜の十時以降だったりすれば、普通に歩いているだけでも補導されます。それで、何してるのって聞かれて、遊んでただけですって答えても、怪しいと思われた場合には〝親を呼べ〟ってなるんです。いませんって答えると、おらんことないやろって言われるんですけど、本当にいないんで。こっちとしてはそれ以上言うことがないんだけど、交番なら交番、警察署なら警察署に行って書類を書かされ、施設に帰される。補導されたりすると大変でしたね」

——親がいない、身寄りがないというのはすごいハンデになりますよね。それを痛感していたわけですか？

「そうですね。いないだけで、こんなになるんやって思いますね。こんなになるんやって。他の人たちには当たり前に親がいるってことがわかり、そこでまた違うんやなって思いました。結局、何をやっても、そういう壁に当たるんですよね。親がいないから、身寄りがないからって。どんだけ頑張っても、結局、またこれかと思って。先のことになるけど、携帯を持つのも、免許を取るのも、働くのも、家を借りるのも、何するにしてもこれだけ不便なんやって。そういうことにぶち当たるたびに自信をなくすんです。これって俺がどうこうって問題じゃないよね、と」

人間って嫌やな。でも自分も人間だ

自分が父親に似ていると気づき、そのことに戸惑うようになったのも中学に入ってからだ。

「たとえば誰かに何かを言われたとき、言葉の裏には違う意味があるんじゃないかと読んでしまうようなことが中学校のときからあったんです。大人の人たちから言われたり質問されたり、怒られたりするなかでも、純粋に愛情をもって接してくれているとは限らないって思ったんですね。怒られるのにしても、(自分のことを思って叱ってくれているとは限らず)八つ当たりだったり、自分の力を示すために理不尽なことを言って正当化したり。そういうことだとすぐにわかるのが誰に似たんかなあと考えると、やっぱり父親に似たんかなあって」

そう意識したからこそ、自分も父親と同じことをしてしまうこともあるのではないか、という不安をもつようになったわけだ。

この本の最初にも書いたが、人と会話をしているときでも、「別のところからそれを眺めている自分がいる」と感じられることがあり、そんな自分に嫌悪感をもった。

現在の彼は、相手の気持ちが他の人よりわかるのであれば、それを「いいほう」に向けていけばいいと考えられるようになっているが、最初からそんな発想をもてたわけではなかった。父親とかぶるところがあることに気がつくと、そういう血を引いていることを憎むような感覚があったのだ。

小学生の頃、獣医師になりたい気持ちがあったのにしても、動物は素直で「言葉の裏を読んだりする必要がない」というのが理由のひとつになっていた。

「動物は、お腹が減ったらご飯を欲しいとねだり、あまえたかったらあまえてくる。体調が悪かったら体調悪そうにするじゃないですか。純粋な生き物やなあって思いますね。絶対的に自分より弱い立場の生き物なんで、恐怖心や不安感を抱くこともなく、何かをしてあげたいという気持ちになるんですよ。で、人間と関わると、また失望するんです。嘘ついて、ごまかして、こんなに醜い生き物がおるんかな。人間って嫌やなって。でも、自分もその人間なんですよね」

◇

――小学生から中学生になって、お父さんやお母さんのことで心に抱えている傷みたいなものは、薄れていったというより溜《た》まっていくような感じだったんでしょうか？

「倍増していく感じですね。知れば知るほどというか、小学校の自分では考えられなかったことが中学校になったら考えつくじゃないですか。で、見えなかったもの、知らなかったものがどんどん自分の頭に入ってくるんで、薄れていくというよりは、どんどんわだかまりとして溜まっていくというのはありました。ずっと」

――中学時代に、自分のお父さん、お母さんのことを正直に打ち明けられるような友達はいましたか？

「まあ、いましたね。二人だけ。どっちも男の子なんですけど」

――なぜ心を許せたんですかね、その二人には。

「似たような境遇だったんですね。何かのときにそいつが〝親がいるだけいいやん〟って言ったんですよ。それでその子には親がおらんのかなと思って、聞いたら、似たような境遇だったんで、実は俺もそうなんよって。それで共感し合えるわけじゃないし、お互い傷の舐《な》め合いをするわけでもないんですけど、似たような奴が俺以外にもおるんやなって。その彼とはいまだに仲がいいですもんね」

お金を稼ぐには「定時制しかない」

――高校生になってからのことも聞きたいんですけど、高校時代は、どんな感じの少年だったんですか？　やはり問題児だった？

「そうですね。ほとんど学校には行ってなかったですね」

――定時制とのことでしたけど、どうして定時制を選んだんですか？

「昼間に働けるからですね。小学校や中学校のときにできなかったことをするためにも、いちばんはお金が欲しかったんです。何をするにも、それを誰が払うんやってところで毎回つまずいてたんで。だったら自分でアルバイトして、お金を稼いで。学校の費用も身の回りのことも、自分で稼いだお金でなんとかする。それやったら文句はないやろうと思ったんです。そう考えると、定時制しかないかなって。もうひとつの理由は、全日制の学校ではもう合わないと思ったんですよね、人と。定時制って、いろんなジャンルというか、年齢もバラバラの人たちが学校を卒業するっていう目的のためだけに集まってるんですよ。そういう人たちのほうが自分に似とるなと思ったんです」

――小学生、中学生のときには欲しい物があったらどうしてたんですか？

「我慢するしかなかったですね。施設にいたときは」

――新しい靴や服などが欲しくなったら？

「靴は決まったものしか与えられず、洋服は古着ですかね。学生服なんかはおさがりでした」

――高校ではどんな仕事をして、どのくらいのお金になったんですか？

「その頃はガソリンスタンドで働いてました。週六日くらいですかね。月に十万ちょっとくらいでした。これだけ働いて、もらえるお金ってこれなんや、とは思いました。大変なんやなって。それでもできるだけ貯めるようにはしてました」

――スタンドの店長さんは、すんなり受け入れてくれたんですか？

「そこの店長さんは、ふーん、そうなんやねって感じで、とりあえず働きさって。仕事さえしてくれればそれでいいからっていうタイプの人だったんです。深く聞いてくることはなく、遅刻はするなよ、休むなよ、と言われて。遅刻したり、休んだりすることはなかったですね」

――高校では、またケンカや言い争いになることはあったんですか？

「ありましたね。たとえば、俺が一緒にいた友達が、三つ上の人の肩にぶつかったということで言い合いになってたんです。それで俺はあいだに入って止めようとしたんですね。そしたら、関係ないのにどうのこうのと言われて、またカチンときて、誰に言いよん！

みたいになったんですね。その場はそれで終わったんですけど、授業が終わったあとに、ちょっと来いって言われて駐車場に連れて行かれて。文句あるんかって言われたら、あるって答えるじゃないですか。俺は、口のきき方がものすごく悪かったんで、その言葉遣いはどうにかならんのかって言われて、お前に関係ねえやろって。それで摑《つか》み合いになるとか……。たいがい相手のほうが引いてくれるんですけどね。

俺のほうは、そういう口論になったりして、何を言われても、何をされても、いやそこは違うよねって。それは間違ってるというのをわかってもらえるまで、ずっと言い続けるんです。面倒くさいっていえば面倒くさいタイプですよね。社会生活にも合わないですよね。仕事をしていくうえで理不尽なことに直面すれば、やっぱり、それは違いますよねって。白か黒かどっちかでしょということにばかりこだわっていて。それでは生き残れんというのは、もっとあとに気がつくんですよ」

ホームレスと変わらんな……

そんな高校生活を送っていたが、高二になる前に中退することになってしまう。

きっかけは里親の家を出たことだった。

「細かい事情は話したくない」というが、里親とうまくいかなくなってしまった。

その里親にも「いいところはいっぱいある」のはわかっていたが、感情の行き違いはどうしても出てくる。大人に対する不信感は最初からあったので、どこまで自分のことを思ってくれているのかという部分にも敏感になっていたのだ。

第三章でも触れたが、それで彼はボストンバッグふたつに荷物を詰め込んで家を出た。

その後、住み込みで働ける料理屋を見つけていたが、そこに高校の職員がやってきた。里親の家を出ているということを聞いていたのだろう。「住所不定になる生徒はうちの学校には置いておけない」と自主退学の書類を書かされた。

◇

――そのとき社会の理不尽さというか不条理のようなものは感じましたか？

「うん。結局、自分のような存在が面倒くさいだけなんやろうなっていう。それで早く片付けたいんやろうなっていうのは感じました。そのときは、いまさら学校に通って卒業しようとも考えてなかったんで。とりあえずいちばん大事なのは仕事で、働きさえすれば、ご飯は食べていけると思ったので。たいした問題でもないなあと思って書類を書いて退学したんです」

――学校に対する恨みが残ったとか、むしろスッキリしたとかは？

「恨みはなかったけど、スッキリもしなかったですね。とりあえず仕事をしようと思って。自分に不必要なものはどんどん捨てていったほうが得だと思ったんですよね。そのときの俺にはもう学校は必要なかったし。生きるため、ご飯を食べるために働くしかないなって。

学校に行かないほうが効率よく稼げるんです」

――高校を中退したあと、どういう仕事をやってきたんですか？

「住み込みしていた料理屋さんを辞めてからはまず土建業で、それからはいろいろですね。自分の立場で働かせてもらえる仕事って、グレーゾーンな仕事が多いじゃないですか。住所がない、家がないのに働ける仕事って、現場仕事だったり、登録制のちょっとグレーな派遣会社だったり。結局、どれも続かないんですよね。

土建の仕事で連れて行かれたアパートがひどかったってことも話しましたけど、本当に汚かった。前の人が使っていたものがそのまま置かれていて、古い新聞紙なんかもしっちゃかめっちゃかで。流しも風呂場《ふろば》も汚いままで、窓は割れてる。そこを片付けて使えって言われても、まず電気が点かない。片付けで手が汚れたから手を洗おうと思ったら水道が出ない。ミネラルウォーター買ってきてお湯を沸かそうと思うとガスも来てない。

ホームレスと変わらんなって思ったら、涙が出てきました。他の奴らは当たり前に家があって、ご飯を食って、当たり前に遊んでるのに、なんで俺だけこんな思いをして生きていかないけんのかなって。結局、〝親がおらんからや〟ってなるんですよね、俺の中では。

で、そこの社長に電気もガスも水道も来てないと話したら、給料から差し引くけど、使えるようにしておいてやるって言われたんです。だけど、いざ給料日が来ると、めちゃくちゃ額が少ないんですよ。〝なんでですか？〟って聞いたことで、前の人が滞納してた分も払わされているのを知ったんです。それからずっとインスタントのラーメンを食べてたんですけど、やっぱりお腹は減るじゃないですか。現場の水を飲めばお腹を壊すし、飲み水を買うお金もないし。それで二、三か月で辞めたんです」

――お金を稼ぐことの大変さは、同じ世代の人たちに比べても骨身に沁《し》みて知らされたわけなんでしょうね。

「そうかもしれませんね。たとえば十万円って、気持ち的にはものすごい重いんですよ。でも、手にとってみると、ものすごい軽いんですよね。本当にこう、お金を稼いで生活していくって、しんどいなあって思いましたね、ものすっごい」

――そのあとが暴力団関係ですよね？

「そうです。やっぱり建築現場に行く仕事で、アパートの一部屋に四、五人で生活しているようなところだったんですけど、なんだかんだで楽しいなって思ってたんです。居心地は良かったですね。本当に似たような環境で育ったような人もおれば、自分よりもっとつらい思いしてる人たちも一緒に生活してたんで。心の寄りどころのようになってました。でも、そこにいるあいだに保護されることになり、そういう関係のところだったと知ったんですね。薄々は気づいてたんですけど」

――保護されたときのことを覚えてますか？

「急に覆面（パトカー）に乗った刑事さんが来て、俺の名前を呼んで〝ちょっと来い〟と言われて。そのときは未成年保護法だってことでした。その後、その事務所から日雇いで行ってた現場のとびの親方が、面倒みてやるって言ってくれたので、そこへ行ったんですけど、事務所のオヤジさんから圧力があったみたいなんですね。親方からは〝ほとぼりが冷めるまでどこか別のところで働いていてくれ〟って言われて、また、ガソリンスタンドで働くようになったんです。前とは別のガソリンスタンドなんですけどね」

就職、成人、結婚

そのガソリンスタンドで働いているあいだは、マンションを借りて、スタンドまではバスに乗って往復していた。マンションの家賃もあり、ギリギリのやりくりが続いていた。

そうして半年経つか経たないかという頃にもう一度、暴力団の事務所を出たあとに世話になっていた親方に連絡をしてみると、「もう大丈夫だから来い」と言ってもらえた。そこでマンションを引き払い、住み込みでとびの仕事をやるようになったのだ。

だが、それも長くは続かなかった。東日本大震災が起こり、建築資材が被災地へと流れていくようになると、みるみる仕事が減っていってしまったのだ。

彼はそんな状況に気をつかい、自分を雇っているのが無理なら言ってくださいと申し出ていたが、親方は「大丈夫だ」と言って、そのまま面倒をみようとしてくれた。しかし彼は、それ以上の負担をかけたくないと思い、やはり辞めることにしたのだ。その後、児童相談所の田中敏夫先生（仮名）の世話で、生活保護を受けられるようになったわけだ。

そういう中で、小学校の頃の幼なじみだった奥さんと再会することになる。彼女の家は旅役者のようなことをやっていて、各地を転々としていた。それでもたまに連絡を取っていたので、北九州に戻ってくることを知ったのだ。

その後、彼女の家に行ったりもしていたが、そのうち彼女の母親が逮捕されてしまった。薬物の常習だった。ひとりになった彼女のためにも彼はまた働くことにした。

当時の仕事は短期のアルバイトが多かった。建築現場に出たほかでは、引っ越し業者やイベント業などで働いた。農作業や自動車関係の仕事も経験している。

彼女が住んでいた家と、自分が借りていた家の二軒分の家賃を払うのは無理なので、自分が借りていた家を引き払い、彼女の家で一緒に暮らすことにした。

彼女は彼女で、さまざまな事情があるのは明らかだった。

たとえば母親が逮捕される前、彼女はいまの家に「住ませてもらっている」というような言い方をしていた。親と一緒に住んでいるなら、普通は使わない言葉だ。

また、母親が逮捕されたあとにも、母親の知り合いだという男女がやってくるようなこともあり、落ち着かなかった。そこで別の部屋を借りて引っ越して、新しい住所は誰にも教えないことにした。

そうして二人の生活が始まったわけだ。その生活を始める少し前に、いまの職場を見つけて、それ以来ずっとそこで働くようになっている。

その頃、結婚するという明確な意志はなかったが、彼女はちゃんと働いたことがなかったうえに、社会保険などには何も入っていなかった。このままではどうにもならないので、「籍を入れることで彼女に社会的な保障がつくようにしよう」と考えた。そのこともあって、彼女と籍を入れることにした。

「好きじゃないわけじゃないんですけど、（一般的な男女の）好きって感情とはちょっと違ったのかなあ……。嫁のところは家庭環境が複雑なんですね。〝家に住まわせてもらっとる〟と言うくらいだから、こいつも、家がない、居場所がないって思っとるんやろうなって。俺と似とるし、なんとかしたいって思いました。最初は幼なじみでしたけど、他人のような気がしなくなって、なんとかしたくなったという感じだったんですね」

◇

——いくつのときに結婚されたんですか。二十歳になる前、なったあと?

「いや、籍を入れたのはつい最近なんです。一年ちょっと前くらいですかね」

——そうすると、たとえば成人式はひとりで出たとか……。

「出席してないですね。成人式の日は、仕事をしてました。同級生に会ったって仕方ないんで。テレビに映されるようなバカ騒ぎをしとるわけなので（北九州の成人式は過激な衣装で知られ、テレビで取り上げられることが多い。衣装代に多額の予算をかけることでも知られる）、あんなことをするために一日使うのもムダやなって思います」

――二十歳になったからといって特別な思いはなかった？

「何もなかったですね」

――両親に報告に行くとか。

「ないです、ないです。母親から手紙はきましたけどね。おめでとうって書いてありました。手紙は全然、返してないですけど」

――いまの会社にはどういうきっかけで入ることになったんですか？　いちばん長続きしているわけですよね。

「高校の頃の友人がいて、その紹介でした。もう五年ちょっとになるし、いまは正社員です」

――それまで仕事を転々としてきたのに、それだけ長く続いているのはなぜなんですかね。

「こんな俺でも必要としてくれる人たちがいる会社……。会社が俺を必要としてくれてるというんじゃなくて、その会社で働いている人たちが、みんな何かあったら相談してきてくれたりするんです。俺も、何かあったら相談しますし、人間に恵まれてるっていうのがすごくあります。それがたぶん長続きしているいちばんの理由だと思いますね」

――仕事に関しては何の不満も問題もない？

「不満はありますし、問題もありますけど、それってきっと、どこで働いても、あると思うんですよね。それを呑《の》み込んでしまうくらいの続ける理由があるということなんで。この会社で、できる限りのことはこれからもやっていけたらなあと思っています。今後どうなるかはわからないですけども」

子供をつくることは「考えてない」

成人して結婚もした。

そういうなかでも世間はたびたび、両親の事件を取り上げた。私がプロデューサーを務めた番組もそうだったが、そういうものが目につくたび、もうやめてほしいという気持ちになっていたという。

「それしかネタがないのかって言いたいくらいでしたね。オリンピックでもないのに四年に一回くらいの割合で（事件をモチーフにした）小説やマンガが出されたりしてましたから。特別番組もそうだし、そこにはずっと、わだかまりというか（やめてほしいと言いたい）気持ちはあったんです」

小説やテレビ番組だけではなく、ネットにも好き勝手なことが書かれているのが目についた。自分のことを知るはずもない人間が「息子だって、どうせロクな生活してないんだろう」、「まともになってないんだろう」と想像だけで書き込みをしていたのだ。

「そういうのを見ていても、ずっと逃げてきたんですね。だけど、逃げてるのがいけんのやないかなあって。これまでもそうだったように、これからもずっと逃げ続けているなら何も変わらんなあと思ったんです」

それがおそらくフジテレビに電話をかけてきたときの気持ちだったのだろう。

そして彼は、ただ「やめてくれ」というだけではなく、自分から発言していくことを考え、選んだわけだ。

「それ（自分の発言など）に対しては何を言われてもいいんです。たぶん、良くない意見というか、心に刺さるような意見も出てくると思うんですけど。俺に興味をもってくれてるから、そういう意見も出てくると思うんですよね。何もなかったら何も出ないじゃないですか。だから、人の意見で落ち込んだりすることもないように、これからは逃げずに、いまの自分を知ってもらおうかと。ここまでできるようになったよっていうのを見せたいなって思ったんです。今回の件に関して、ネットに何か書かれたり、世間の人からなんて言われても、なんとも思わないです。これまでは俺の知らないところで勝手にそういうことをされていて、それに付随して野次が飛んでくるような感じだったので、耐えられなかったんです。今回は自分から発言をしているんで。中途半端な気持ちでこういうふうに話もしてないですから」


社会からはもう逃げない――。

結婚もして、新しい一歩を踏みだした。

ただし、子供をつくろうという考えはあるかを聞くと、それに関しては「ないですね」

と即答する。

「子供に対しては漠然とした不安しかないから。ちゃんと育てられるんかなっていう不安ですね。経済面でうんぬんというんじゃなくて、愛情のかけ方……。俺はかけてもらったことがないからどうすればいいのか。

　俺の理想として、あまやかすわけじゃないですけど、最低限、あれが食べたい、これが欲しい、あれを習いたい、どこへ行きたいって言われたときに、それに応えられるだけの環境が整ってからじゃないとダメだなと思ってるんです。いまはその自信もないです。育て方……。育て方というか、愛情のかけ方がわからないし、俺がしたような思いを子供にしてほしくないんで。（子供をつくることは）まったく考えてないですね」

◇

——奥さんのほうは子供を欲しいと言ってるとか、その辺はどうなの？

「そういう話になったことはあるんですけど、俺のほうから、いまはとりあえず何も考えられんけんっていうふうに返してます。申し訳ないなとは思うんですけどね」

——子供ができれば、（刑務所の中の）お母さんからすれば孫になるわけですけど、そういう話をしたことはありますか？

「まったくないです」

——ないですか。今現在の生活のことは、お父さんやお母さんはどこまで知ってるんですか。ある程度は話している？

「いや、ほとんど話してないです。俺がどこで何をして、どうこうっていうのは、ほとんど話してないです」

――結婚してるってことについては？

「母親のほうは知ってます」

――それに対してお母さんは何か言いましたか？

「会ったことがないけん、なんとも言えんって」

――なんとも言えん。おめでとうとかは？

「おめでとうは言われてないですね」

――言わないものなんですかね。

「嫉妬心《しっとしん》みたいのがあるんじゃないんですかね。なんとなくそんな感じがしました。自分のものじゃなくなるという……」

◇

父親の死刑判決には「安心しました」

ここで両親への判決と面会などについての話に戻したい。

――最終的にお母さんに対して無期懲役という判決が下ったときはどう思いましたか？

「最高裁はたしか十八歳のときだったと思うけど、最初は死刑という判決だったのが、無期懲役になって……。まあ、当時の俺は死刑と無期懲役の違いがあんまり理解できなかったんですよね。俺にとっては、あんまり変わらんなあっていう。死刑になっても、無期懲役に減刑されても、結局、俺の前には出てくることはないんやけ。その違いって何なのか、あんまり変わりないんじゃないかって結論にたどりついたんですけど」

――お父さんの死刑判決に対しては？

「ちょっと安心しましたね。これで出てこないんやと。やっぱり、親父はそれまで、なんでもある程度、思いどおりにしてきていたんで、ひょっとしたら出てくるかもしれんっていうのはあったんです」

――初めて面会に行ったのはいつ頃だったか覚えてますか？

「最初は母親のほうだったんです。施設の職員が連れて行ってくれたということも何回かあったんです。小学校か中学校の頃だったと思うんですが……。父親に関しては、死刑判決が出てから初めて会いに行ったんですよ。一審や二審ではなく、たしか最高裁が終わってから会いに行ったんだと思います。父親にはこれまで三回しか会ってないですね」

――お父さんに関しては、どんな理由から会いたいと思ったんですか？

「まあ、認めてほしかったっていうのがいちばんですね、彼自身がしたことを。俺はその、実際にどういうことをしよったかってことを見てますし、自分もされてきたから。テレビとか新聞とかによれば、裁判でも自分は悪くないと（主張している）。そうじゃなくて、せめて俺くらいには、もう判決も出て、覆ることはないんやから、父親として最後に自分が悪かったと、お前はこうならんでくれと言ってほしかった。他の人に対してもそうですけど、〝申し訳なかった〟って。そういう言葉が欲しくて、会いに行ったんですけど」

◇

前章でも書いたように、田中先生に「一緒に来てほしい」と頼んで、面会に行ったのがこのときだ。

実はその段階で松永がどこの刑務所に入っているのかもわかっていなかった。そのため裁判所や検察庁に聞きに行ったが、「教えていい根拠となる法律がない。向こうから手紙が来るのを待ってください」と言われた。それで田中先生が彼は実子だと話したことから、「教えることはできないが、通常はあそこの刑務所に入ることになる」と暗に教えてもらったそうである。

田中先生は、彼が松永に会う前から怖がり震えていたというが、本人も「めちゃくちゃ緊張していた」と振り返る。

先に面会室に入り、そのあとに松永が入ってきた。

ガラスの板を挟んでの再会だった。

「こんなに小さかったかなあっていうのが最初の印象でした。その顔はにこやかに笑ってるんですけど目が笑ってないんです。それは当時のままでしたね。俺からしゃべったのではなく、親父のほうから〝そろそろ来るような気がしとった。久しぶりやね。元気しとった？〟って。それこそ昨日まで会っとったかのようなトーンでしゃべってくるんですよ。めちゃくちゃ明るい感じで。それにあっけにとられて。そんなキャラやないやんって思いました」

そんなふうだったことから、彼は逆に警戒心を強めた。

何かをたくらんでいるのではないか、と思ったからだ。

そのため、下手なことはしゃべらないでおこうと決めた。

松永からは「最近、調子はどう？」「いまは何しよるん？」とか聞かれるが、「ぼちぼちやね」などと答えて、実際の生活がどうなっているかは話さずにいた。

すると松永からは「署名を集めてくれ」と言われた。

死刑判決への反対の声を彼に集めさせ、判決をくつがえすか、再審請求につなげるなどして死刑執行までの時間稼ぎをしたかったのだと想像される。

「最高裁が終わって、いまさらそんなことをして何になるん？」と彼は言ったが、「最後まで戦いたい。父さんは悪くないのを見とるやろ」と返された。

「実際に自分がやったことに対して、申し訳なかった、すいませんでしたというような言葉はないのか？」と迫ったが、松永はその言葉に顔をしかめた。

「そういう話をしに来たんやったら帰ってくれ」

そう言い捨てられたのだ。

「もう来ることもないと思うけ。最後くらいは、すいませんでした、悪かったたって言葉はないのか。一応の親父なんやけ」と念押しをしても「帰ってくれ」の一点張りだった。

虚《むな》しさだけが残る面会だった。

◇

——そのときお父さんは「これまでどうやって生活してきたのか。学校には行ったのか」というような心配はしなかったんですか？

「なかったですね。俺がいま何をしよるんか、誰と関わりよるんかとしか聞いてこなかったんです。で、最後にどうしても言っておこうと思って。〝これが俺の親父なんやね。最後の最後まで、嘘ついて、ごまかして逃げて、生きていくんやね〟って言ったときに、ものすごい睨《にら》みつけられて〝帰れ！〟って。それで、そのときは帰ったんです」

——二回目も会いに行くわけじゃないですか。それはどういう気持ちから？

「残してあるものがあるとか手紙の中に書いてたんです。本当にあるんかなって確認しにいったんですけど、そのときも署名の話をされて、自分から出ました。〝話にならんから帰る〟って。一回目に比べると二回目は俺も慣れてたというか、認識の仕方が変わってたんですよね。こいつはもう、この板の向こう側の人間なんや、と」

俺は〝松永太〟と違った生き方をしている

署名の話しかしない父親に嫌気がさして面会室を出たので、「残してあるものがある」ということの確認はできなかった。そこにこだわりがあったわけではないので、これっきりにしようと思っていた。

だが、今回のインタビューを受けようと決めてから、もう一度、会ってみることにした。前回から五年ほどの時間が空いていたことになる。

「俺の住所が変わって、手紙も来なくなっていたので、いろいろな確認も含めて行ったんです。前の二回は親父が話の主導権を握ってるような状態だったんですけど、このときは俺のほうから質問をするようにしました。それまでとは真逆な感じになって、向こうが不必要なことをしゃべりだしたり、冗談を言い出したら、そこで話を切るっていうスタンスで話を進めていったんです」

このとき松永は、「なんでもいいから差し入れをしてくれ。そうすると差し入れと一緒に用紙がついてきて住所が残るので、やり取りができるようになる」と言ってきたのだそうだ。

差し入れをするためのリストがあったので、ひとつだけ選んで差し入れすれば、住所を知らせる目的はかなえられた。だが、そこで「かわいそうな奴やな」という気持ちが生まれたのか、一覧表にあるすべてを差し入れした。お菓子やジュースといったものなどだ。

「前よりもまたやつれていたし、これが最後になるかもしれないという気持ちはありました。ものすごく嫌いで憎んでるので、親孝行じゃないですけど……、親は親ということなのか、気がついたらそうしてました」

その後、松永から手紙が届いたが、そこにはいままで一度も聞いたことがない言葉が書かれていた。「ありがとう」と。

「俺としてはものすごく複雑だったんですけどね。差し入れしたことへのありがとうなんですけど、それを言ってきた相手は、自分がいちばん嫌っとって、殺したいほど憎んでる奴で……。素直に受けとるべき言葉なんやけど、受けとれん自分もおるし、どっかにはこうしてよかったなって思っている自分もおるっていう。

この葛藤《かっとう》っていうのはたぶん、親父が死んでも消えないと思うんですよね。もっとあのとき、こうできんかったやろうかとか、かける言葉はなかったんかな、とか。

何をしてもきっと、人間って後悔すると思うんですよ。ああしてたらよかった、こうしていればよかったって。そういう生き物だと思うんで。何をしても後悔するんやったら、後悔しても満足のいく後悔の仕方っていうのをするようにしようって思ってるんです。

ひょっとしたら親父が死んで三年後くらいに俺はそれを後悔するかもしれない。あいつのために、あんなふうにお金を使って、何もいいことはなかったって。でも、差し入れしていなかったら、していなかったで、たぶん後悔すると思うんですよね。だから、どう後悔することになったとしても、自分で納得のいく選択をした結果としてそうなったんやって自分自身に言い聞かせている。そんな感じですね」

◇

——面会で、親らしいような説教じみたことを言われたことはあったんですか？

「人としてどうあるべきか、とかですね。挨拶《あいさつ》をちゃんとしなさい、とか。あと、これから何がどうこうってなったときには、よく考えなさい。その後のこともしっかり考えて行動しないと、とんでもないことになる、とか。なんか、当たり前のような、とってつけたようなことしか言われてないです」

——それをあのお父さんが言うわけですよね。

「うん、だからもう、何もないすよね、俺の中では。いやいや、どの口が言いよるん？って。ほとんど頭に入ってないですもんね。また何か言い出したな、くらいしか。過ちを犯した人間の言葉って、正しいことを説いていても、説得力がないですね」

——お母さんも言いますか、そういうことを？

「母も似たようなこと言いますね。でも、ほとんどもう聞いてないです」

——三回目の面会で、テレビの取材に答えるかもしれないって言ったとき、お父さんはどんな反応をされましたか？

「テレビは人を食い物にするって言ってました。そうかもしれないけど、されてもいいんです。デメリットばっかりじゃないと思うんで。たとえばこういうふうに俺が発言してるのをテレビで観たりして、何を偉そうに、何をいまさら、なんでお前が……っていう人たちもいると思うんですけど。そうではなく純粋に興味をもってくれる人、考え方が変わってくれる人、何かのきっかけになる人っていうのもいる気がするんですね。

それって他の人にはできないと思うんです。こういう経験をして、こういう生き方をしてきた俺にしかできんことだと思うんですよ。（こういう取材に答えるようなこともなく）このまんま当たり前にどこかで仕事をして、定年迎えて、年金もらって、死んでいくというのは、なんかちょっと違うなって思ったんです。

何かをやるためにたぶん生まれてきてると思うんで、俺にしか伝えられないことを俺なりのやり方で知ってもらおうかなあと」

——今後、機会があればまたお父さんに会いに行くつもりですか？

「そうですね。まあ、この放送がされたあとにでも、一応、報告を。お前はそういう生き方をしてきたけど、俺は違った生き方をしている。自分の考えとやり方で生きてるっていうのを、見せつけるんじゃないですけど、報告したいなって。あいつはあいつで、俺は俺なんで」

——あらためて聞きますが、お父さんのことでは思い出に残っていることなどはありますか。いい思い出などは？

「いい思い出？　それは難しいなあ。いい思い出かあ……。やっぱり誕生日くらいしかないかなあ。それ以外はないですね。風呂に入っても嫌なことされて。一緒におっても嫌なことされて。なんかあれば、叩《たた》かれて。電気、流されて。……くらいしかないですもんね。嫌な思い出しかないです」

母親には言った。「苦しんで生きろ」と

松永にはこのときまで三度しか面会したことがなかったが、母親の純子とはこれまでに二十回ほど会っている。

最初に会ったのがいつだったかははっきり覚えてないというが、第一審の判決が出たあとだとすれば、中学生になるかならないかの頃だと考えられる。

そのときのことを振り返ってもらったが、もしかしたら、最初の面会と、その後の面会を混同しているところもあるかもしれない。

◇

――最初に会ったときはどんな会話をしましたか？

「俺からはしゃべれなかったですね、何も。何を話していいかもわからないし、何を聞かれても何も言えないですよね。で、母親がごめんねって。苦労ばっかりかけて、親らしい

ことを何もしてあげられなくて申し訳ないってことを言われたんですけど、それを言われた瞬間になんかもうカチンときて。それをいま、そんな場所から俺に伝えて何かできるのっていう。

人間、誰だって、言うだけやったら、言えるじゃないですか。何もできん環境で、そういうふうに俺に対して、なんか建て前じゃないですけど、ありきたりな言葉を口にするのは、すごくズルイなと思って、それをそのまま言ったんです。そしたら〝私が死ねばいい？〟って言われたんで〝苦しんで生きろ〟って言ったんです。

死ぬとかいうのは最大の逃げやなって思うんで、〝自由がきかん、その環境の中で苦しんで、もがいて生き延びろ〟って言ったんですね。いま考えたらひどい言い方やったなって思いますけど。それが、お前がせないけんことやないのかって。私が悪いから死ねばいいんやろって何か違うなって思うんですよね」

――それを言ったら、どういう反応をしてました？

「わかりましたって言ってました。それで最後は〝また会いに来てくれる？〟って。それは何回も言われてるんですけど。毎回、同じ言葉を返すんですよね。わからん、と。急に会いに行かないけん用事ができるかもしれんし、何も用がなければ好きこのんで会う必要もないと思ってるんで。中途半端に相手に期待させるよりは……。俺はできれば関わりたくないんで。だから毎回、わからんって言うんです」

――でも、二十回くらいは行ってるわけじゃないですか？

「まあ、そうですね。それもまあ、親父に会うよりも母親に会うほうが気がラクっていうか、気持ち的に逃げとるようなところがあったと思うんですよね」

――どうしているかが気になる部分も心のどこかにあったんですかね？

「それはないですね。生きてても死んでても関係ないんで。もう母親が俺の人生にどうこう手出しするあれはないし。俺も関わりたくないし。それでもこう会いに行くっていうのは、当時の状況やったり、疑問に思ってることやったりを聞くため。あと、あんまりにも手紙がしつこいときとかですね」

――疑問というのは？

「たとえば、母親は俺を殺そうとしたことがあったんです、包丁を突き立てて。あれは本心でやったんやろうかとか。それを聞いたら〝本心じゃない〟って言ってたんですよ。〝お母さんもあんまり覚えてないんよね。ごめんね〟って。

あんまり覚えてない、ごめんねで、母親に殺されかけた人間がおるっていうのは理不尽きわまりないな、と思って。マインドコントロールされてどうのこうのって母親はよく言うんですけど、俺からしたらそんなの関係ないんですよ。やったことに変わりないやろって。まあ、そういう疑問がたまったときに会いに行って、聞いてましたね。ちゃんとした答えが返ってきたことは少ないんですけど。ごまかして、当たり障りのない返事しかしない」

――他にはどんな会話をしましたか？

「無期懲役って、いつか出てこられるらしいんですよね。そのことについても話しました。母親に対して〝模範囚として過ごして、早く出られるようにするために俺を利用しよるんじゃないか〟って聞いたんです。俺に手紙を出して心配しとるってことを書いて、いい人を演じて、利用してない？　って。〝それはない〟って言い張ってたんですけどね。いままでの経緯を考えると、そうじゃないかなって思えてしまうくらいのことがあるんです。

　こっちからは基本的に手紙は返さないですし、俺が会いに行こうと思ったときしか会わないです。これからはめっきり減るんじゃないですかね。

ただ、母親にも報告しにいったんですよ、今回のことを。〝やめときなさい〟って言われたんですけど、いまさら関係ないなと思って。いつまでもあの人たちのあやつり人形じゃないみたいな……。なかなか抜けないんですけどね。やっぱり、いまでも当時言われた言葉なんかが、ふとしたとき出てくるっていうか。心のどっかでは、その縛りを切りたいんです」

親は親やし、俺はあいつらの息子やし……

――それでも、面会に行けばお母さんは嬉しそうな顔をするんですか？

「毎回、パターンがあるんですよ。最初は嬉しそうな顔するんです。で、俺がいまどうしているかを聞いてくるんです。最後は決まって説教じゃないですけど、こういうことをし

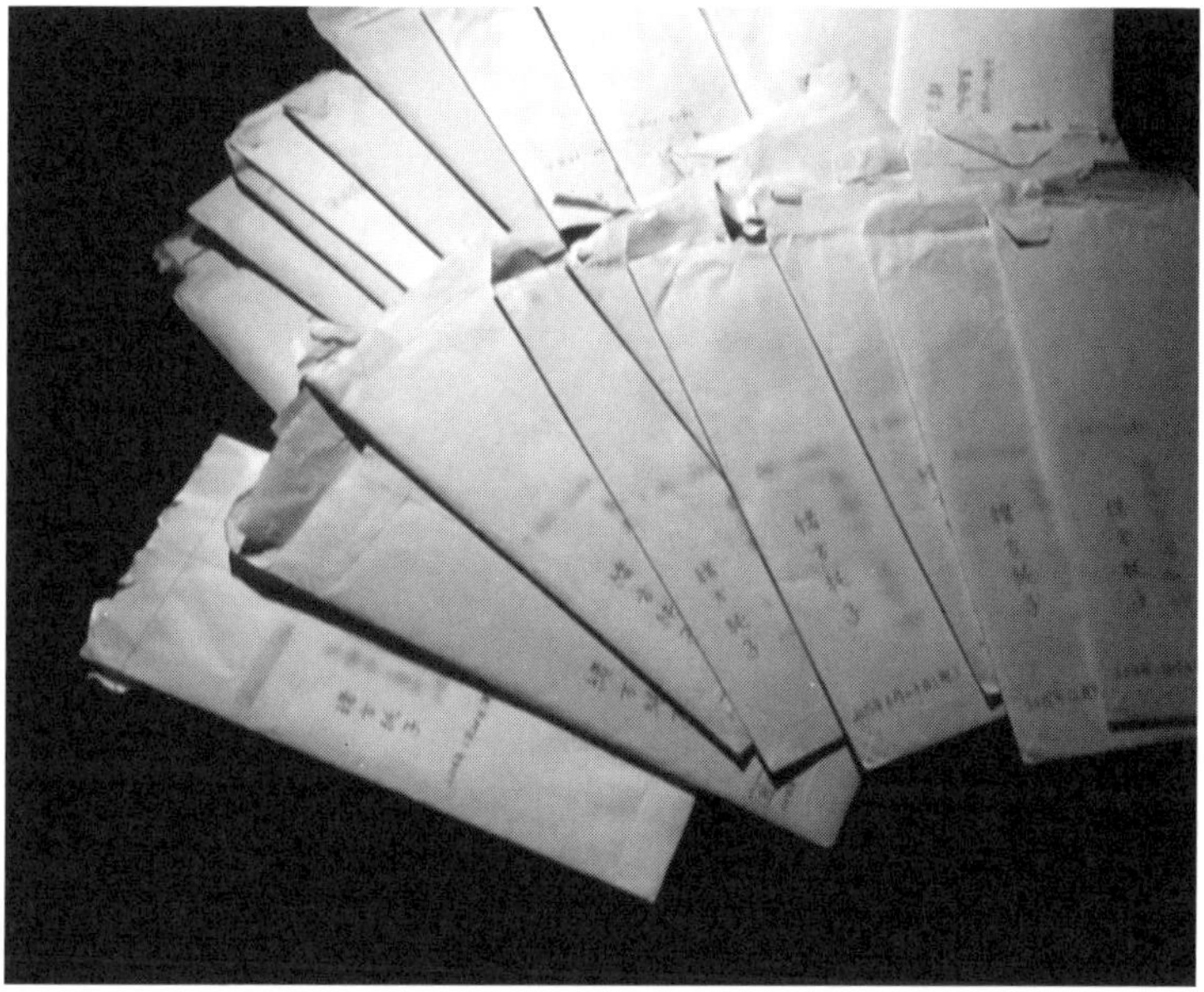

緒方純子から長男あてに送られた手紙

たらいけんよとか、それはダメよとかって偉そうに言うんですよね。事情も何も知らんくせに。毎回、このパターン。一連の流れがあるんです」

――お母さんからすれば、大事な息子でしょうから。

「俺は大事じゃないですもんね、母親のことは」

――こうして話を聞いてみると、お父さんへの気持ちとお母さんへの気持ちはやはり違うような……。

「まあ、そうですね」

――それはなんですかね。お父さんに対しては「親は親」という言い方をされましたけど、お母さんに対してはもっとクールというか……。

「接した時間が長かったからやないですかね。親父はいたりいなかったりが多かったんですけど、関わる時間が長ければ長いほど、嫌なものが見えることも増えると思うんですよ」

――それでもやはり面会に行って、わずかな時間でも会ってるわけじゃないですか。

「本当に心底ダメだったら会いに行くことすらしてないと思うんです。母親のことも、どっかで親やなとは思ってるんですけど、それを認めてしまうと、自分が弱くなる。こんな親を必要としてるのか？　って。そうなるのが嫌なんで、どっかで虚勢を張ってるっていうのはあると思います」

――面会が終わって、刑務所から出るときには、毎回どういう気持ちになるんですか？

「次はいつ来てあげようかな、いつ来られるかなって毎回思います。時間の都合だったり、気持ちの面だったり。毎回会うと、調子悪くなるんです」

――それは、お父さんのときも同じ？

「両方ですね。まあ、切っても切れんっていうのはこういうことを言うんやろうなって思いますね」

――会うたびにお母さんも歳をとってきたなあっていうのはありますか？

「う～ん、そうですね。考え方はほとんど変わってないですけど、やっぱ、見た目はどんどんやつれていくじゃないですか。それに関してはちょっと、やっぱり淋しいなと思う気持ちはどっかにあるんですけどね。そう思ってしまう自分が嫌やなっていうのもあるんで。毎回、その葛藤で、心のバランスが崩れるんですよ。で、どっかで無理やり強制的に軌道修正をかけて、自己暗示じゃないですけど、〝いやいや、そんな気持ちはまやかしや。あいつはこういう奴なんや〟って決めつけて、なんとか自分を保とうとする。でも、そうしようとすることすらも間違いだってわかるんです。親は親やし、俺はあいつらの息子やし。これってたぶん、本当にもう、ずっと一生続くんやろうなって」

生きててよかった。苦しんだ分、これから喜びたい

――あらためて聞きたいのですが、お母さんは、あなたにとってどんな存在ですか？

「俺にとって母親とは……、九〇パーセントが負の財産みたいなもんですね。残り一〇パーセントは、育った環境はなんにせよ、産んでもらえたこと……。嘘でもなんでも、少しだけでも愛情をもらったことはあったんで……。やっぱり少なければ少ないほど、よく覚えてるんですよね。だからまあ、一〇パーセントは感謝の気持ちですかね」

――お父さんはどのような存在なんですか？

「親父に関しては……、憎んでますね。九五パーセントぐらいは憎んでます。残りの五パーセントというか、本当の少し、本当の少しだけ感謝してます。

いなかったら生まれてきてないんで。〝いっそのこと生まれんとけばよかった〟って言われ続けて。まあ、俺もそう思う時期があったんですけど、いまは生きててよかったなって。生きてないと、嫌なことはないかもしれんけど、楽しい経験ってできないと思うんですよ。

いままで俺が苦しんできた時間よりも、これから過ごしていく時間のほうが圧倒的に長くなるんで。もし自分が百歳まで生きるとして、一年一ページだとしたら百ページの本になるじゃないですか。そうなると、これまでの俺の人生なんて、どこにしおりを挟んだかもわからないくらいまでしかページを重ねてないことになると思うんです。

これまではその一ページ一ページに乱雑に大きな文字で少ない字数を書いていたけど、これからは俺次第になる。一ページにたとえば三千字書いたり、五千字埋め込んだりっていうふうに。自分なりの生き方で、自分なりのページっていうものをどんどんつくっていけるんで。そう考えたら、まあ感謝かなあっていう。これから先のことを考えると、（これまで自分に起きたことは）少しのことに思えるようになる気がするんです」

——これまで苦労を重ねてきたから、そういう考え方ができるようになったのかもしれませんね。子供は親を選べないとも言われましたが……。

「まあ、そうですね。ただ、くよくよしていても何も始まらないんで。恵まれない子は、ものすごく苦しい環境で育ってきたのをわかってよ、となるんですけど、それは誰でもできると思うんですよ。それって逃げだと思うんです。親が親やったけんっていうふうに親のせいもあるかもしらんけど、その先は自己責任になるやろって。

それをズルズル、ズルズル、十年も二十年も三十年も引っ張っていったときに、俺は俺の色を出せる人間じゃないなってなると思うんですね。

だからもう、スパッと切り替えて、損した分、苦しんだ分、悩んだ分、泣いた分、まあ、笑ったり、楽しんだり、喜んだりする。これからそういうことを増やしていければ、ゼロになることはないんですけど、限りなくゼロには近くなるじゃないですか。

苦しんだ時間が決して消えることもないし、ゼロになることはないけど。きつかった思い出、苦しかった時期、時間。それよりも、いい思い出、生きてきた意味……。俺にしかできんことを探していく。そうやっていく中で、だんだんそれが小さくなってくると思うんですよね。だからいまはそういうふうに考えるようにしています」

――いま幸せですか、という質問にはどう答えますか？

「幸せの定義をどこにもってくるかになると思うんですけど……、俺は満足してます。決して贅沢《ぜいたく》できるわけでもないし、ずば抜けて何かこう、いいものがあるわけではないですけども……。みんな、たぶん忘れてると思うんですよね。当たり前に帰れる家があって、当たり前にご飯が食べられて、当たり前に仕事ができて、当たり前に遊びに行ける。その当たり前の日常……、当たり前の時間が、実はものすごく大切なものなんやってことを。そんな当たり前のことをやっと人並みに当たり前にできるようになったんで、幸せだと思います」

――これをしていると楽しいなとか思うようになったことはありますか？　何をしているときが楽しいとか、笑えるとか。

「う～ん、まあ、友人とたわいない話をしていても楽しいですし、俺に仕事を紹介してくれた友達……、その子に対してあんまり口には出さないんですけど、ものすごく感謝してます。ケンカもいっぱいしましたけど、やっぱり楽しいですもんね、話していると。そういう友人との会話だったり、あとはその動物と触れ合ってるときかな」

――家でペットは飼ってるんですか？

「いまは猫を飼っています。あとは車の運転をしてるときなんかも自分だけの空間なんで……。そうやって楽しめることがやっとできてきたっていうか、見つけられてきた感じです」

――弟さんも二十一歳になられますが、元気にやってるんですか？

「まあ、それなりに」

――連絡は？

「たまにしますけどね。基本的には話が合わないので、まっこうから意見が対立するんです。嫌いじゃないんですけどね」

――いずれお母さんが出所されるときがくるかもしれないじゃないですか……。

「そうなったときには、弟にはいっさい迷惑がかからんように、俺のほうで兄として、してあげないけんかなあとは思ってますね。最終的には」

――いまの時点で早く出てきてもらいたいですか、刑を全うしてもらいたいですか？

「全うしてもらいたいですね。（無期とはいえ）むしろ延ばしてもいいと思います」

母親は「被害者でもなんでもない」

母親から届いた手紙をしばらく借りていたが、どれもこれも、ものすごく乱暴に封が破かれていた。

彼によると、手紙が届いたときには、「またきたな」と思い、すぐには封を切らないのだという。しばらく時間をおいて、見てみようかと思ったときには「その気持ちが切れないうちに読もう」とするので、乱雑な開け方になるのだそうだ。速読するように、できるだけ速く読み、すぐにまた封筒に戻す。返事を書いたことはこれまで二、三度しかない。緊急時の連絡先を教えてほしいなどと書かれていたときにそれに応じただけだ。

私などがその手紙を読めば、母親から息子への想いを感じるが、彼はそれを読んでも「何も思わない」という。

少し手紙を引用させてもらう。

「紅葉のきれいな頃となりました。ひと雨ごとに風が冷たくなりますが、お元気ですか？母は変わりありません。もし、何か困ってること、心配なことがあったら、誰かに相談して下さい。母にできることは（できないと思えるようなことでも）何でもするので遠慮なく連絡してくださいね、絶対よ」

「それでは、母の近況などを少しお伝えしますね。部屋は今7人です。70代から30代前半の人まで幅広い年齢のメンバーです。なかなかおもしろいよ。ここへ来て、休日や夜7時から9時（就寝）までの2時間、テレビを見るようになりました」

「まだまだ将来の展望は見えてこないのかもしれませんが、大丈夫。今の辛《つら》さや苦しさ、そして努力はきっといつか近い未来に実を結ぶ。ファイト！」

こうした手紙はおよそ二か月ごとに届いていたという。

このようなことも書かれていた。

「厳しい現実の中で、真面目に生きることの難しさも知っています。だからこそ、母は貴方《あなた》のことをとても誇りに思います」

「辛苦を取り除いたり、問題や苦しみを分かち合うことはできる。貴方の幸せは、母の幸せなのだから」

こうしたメッセージも彼は素直に受け止められないようだ。

「俺はやっぱり、現実と真実というフィルターを通してこの文が入ってくるんで。どうしてもバランスが取れてない文やなあっていうふうにとってしまうんですよね。一般の人が見れば、すごくいい母親やなって、思うはずなんですけどね。

なんと言ったらわかってもらえるかなあ。これまでされてきたこと、言われてきたことをふまえたうえで、この手紙を読むんで。実際そうじゃないだろって。あんなことあったよね、こんなことあったよねって。何をいまさら言ってるのって。そういうフィルターを通して文が頭に入ってくるんで、素直に受けとれない。普通の人はそういうのをまったく知らず、この人も被害者やくらいに思ってる場合もあるようですけど。でも、俺からしたら、被害者でもなんでもないんですよ」

事件の記憶は、これからも消えない

――両親の逮捕から十五年という月日が流れました。繰り返し同じようなことを聞きますが、いま振り返ってあの事件をどう思いますか？

「まあ、俺にとってはものすごく迷惑で、残念で、あとはもったいない事件やなって思います。もったいないって言葉だけだと誤解を招きそうなんで説明しておきますけど……。それだけ人を動かす力があったんやったら、違う使い方をしてたら、いま頃もっと違う人生を、俺も親父も母親も送れとったんやないかなって。俺から見たらそうですけど、世間一般から見たら最悪な事件だと思います」

――あの頃の記憶は年齢を重ねるごとに倍増していくという表現も使われましたが、いまでも倍増していく感じですか。減りかけていることはなく、やはり思い出すときはある？

「それはずっとあります」

――毎日のようにありますか？

「毎日……。そうですね。寝る前になったら結構思い出しますね」

――その記憶はいつか消えるときがくるんでしょうか？

「消えないと思います。消えないでしょうね。消えないですけど、その回数が減ったり……、事件との向き合い方ですよね。そういった面で、自分の負担を減らしていければいいなとは思ってますね。消えるっていうのはいっさい考えてないんで」

――自分の体の中に二人の血が流れているというのも消すことができない事実ですよね。

「そうですね」

――その事実はやっぱり受け止めていくしかないって思いますか？　お父さん、お母さんの血が流れているということについて。

「う〜ん、正直、ゾッとすることはありますし、気分が悪くなることもありますけど。全部が全部、悪いとこばっかり引き継いでるわけじゃないんで。たとえばその……、人の気持ちを読み取るというか、言いたそうなことを察するというか。そういう親父のスキルに関しては、俺のためになってますもんね。相手の気持ち、相手の心の痛みがわかる。親父はそれを悪いように使って失敗してますけど、俺は絶対そういうことはしないって決めてるんで」

――そうやって前向きに捉えられるようになったのはここ最近ですか？

「まあ、そうですね。正直、ここ最近ですね。やっと、って感じです」

――自分もいつかもしかしたら……という恐怖があることについても前回の取材で口にされていました。

「それはずっとありました。でも、それって結局、コントロールするのは自分自身なんで。あとは母親の……その、まじめになんでも取り組む考え方。そればっかりだとおもしろくない人間になると思うんですけど。悪いところは捨てて、いいところだけを伸ばしていけたらいいなって、最近やっと思えるようになりましたね。そういう受け止め方ができるように」

――そうするといま、自分の運命をどう受け止めているのでしょうか？

「う〜ん、いけるところまで自分の色を出しながら……。ホント、嘘っぽいんですけど、一生懸命、生きてみようかなって」

自分がしてもらえなかったことをしてあげられる人間になりたい

――将来の夢ってどうですか。小学校時代の夢については聞きましたけど、現時点での将来の夢はありますか？

「将来の夢……。まあ、車屋さんをしてみたいなあっていうのはありますし……。枠にとらわれた車屋さんじゃなくて、車屋さんっていう業態、その場所を使って人と関わりたいなって。べつに車屋さんじゃなくてもいいんですよ。人と関わって、困っとる人間に対して自分のできる範囲で手を差し伸べて、なにげない会話をしていって、悩みを聞いて。そいつの負担を減らしてあげたり、たまには俺の愚痴を聞いてもらったり。

なんていうんですかね。人が集まる憩いの場所……。当時、俺がしてもらえなかったことを今度はしてあげる側の人間になって、そういう場所を提供していけたらいいなって。具体的には何も決まってないんですけど、そういうアットホームな場所をつくって、みんなの寄りどころになるようにしたいというのが、いまのところの俺の将来の夢ですかね」

――小学校の頃にはカウンセラーも考えたということだったので、貫いているといえば貫いてますね。

「そうですね。かたちは変わっても、思いを曲げてはいないんで。……人間って、誰かに必要とされないとダメになると思うんです。世の中にはたぶん俺みたいな人間じゃないと、わかってあげられんとか、逆に俺もわかってもらえんとか、そういう人間がいると思うんですよね。で、俺にしかできないこと……、自分で経験値をあげていき、人に慕ってもらえるような人間になりつつ、そういう仕事をしていけたらなって。それってどんなものなのかなっていうのは考えてるんですけど」

――親が犯罪者だったりして、子供の頃からひとりで生きていくことを余儀なくされていながら、結婚して、自分の人生を見つけられているような人は他にもいると思うんですね。

「いると思います。俺の周りにもいっぱいいたんで」

――あなたの場合も、暴力団に入ってもおかしくなかったタイミングがありながら踏みとどまるなどして現在がある。それができたのはなぜだと思いますか？

「周りの人たちの支えっていうのもあったと思いますけど、いちばんは自分の親のことを反面教師として見てたということ……。グレたり荒れたりするのにしても、どういう家族環境で育ったかっていうのはたいした理由じゃないと思うんですよ。

だからもし、そういう人たちがいるんだったら、俺から言いたいのは……。偉そうに言うことでもないですけど、いつまでそうやってごまかして逃げていけるんかなっていうこと。どこかで気がつくんですよ。

そのタイミングって、早ければ早いほどいいと思うんですよね。自分の家族環境が複雑やから、恵まれてないから、周りの環境が悪いからっていっても、そこから先、自分で頑張って生きていく時間のほうが長いわけでしょ。たった……。たったって言い方は悪いですけど、人生を四分割で見たときに、四分の一程度の出来事で、残りの四分の三を損するようなことにしてほしくないなっていう。

そういう人たちともっと関わって、話もしてみたいですし。俺のことにしても、あ、こんな奴もいるんだなって思ってもらえるんやったらって。何かのきっかけにして、いままでとは違う生き方、学び方をしていってほしいなって思うんですよね。全然、上から目線とかじゃないんですけど」

生きてます！　生きていけます！

――今回、フジテレビの特番をきっかけにこういうかたちになったわけですけど、なぜ、これまで沈黙を守ってきていながら、我々のインタビューに応じてくれたのか？　その決意をどう固めたのかということを最後に教えてもらいたいんです。

「逃げて、好き勝手に言われるよりも、まっこうから発言して、いまの自分を知ってもらい、そのうえでなんか言われるんだったら仕方ないと思ったんです。とりあえず、もう逃げたくなかったんで。いままではタイミングがなかったんです。成人してなかったこともありますが、もういましかないなって」

――ネット上の誹謗《ひぼう》中傷とか、いろいろ読まれてショックを受けたりもしたようですが、それについてはいま、どう思っていますか？

「まあ、書くほうはたぶん、なんとも思ってないんですよ。軽はずみな感じで書かれたなかにあったのは、どうせチンピラになるんだろうとか、親と同じことをするんじゃないのかとか、二世の誕生だとか。そういう感じで、しょうもないっていえばしょうもないんですけど。それを流せるだけの心の余裕っていうのが、いままではなかったんで。

どうして余裕がなかったのかなあって考えると、逃げてたからなんですよね。向こうは自分に対してナイフを突きつけてくるけど、自分は丸腰でそれをされていただけなんで。そうじゃなく、自分も発言したうえで、向こうからも意見が返ってくるっていう対等な立場になっての攻撃なら、そんなにこたえることもないんで」

――覚悟ができたと。

「いまはもう、なんて言われてもいいなと思ってます。番組を放送してもらったあとに、ものすごく嫌な意見とか書き込みとかメッセージがあっても、なんとも思わないです。なんとも思わないっていうのは、スルーするっていう意味じゃなくて。ショックを受けたり、落ち込んだりはしないってことです。

嫌な意見のなかにも、ためになる意見ってたぶんあると思うんです。この人はなんでこういうふうに書いたんかなあとか、たしかにそれは合ってるなとか。そういう大事な意見はしっかり読み取って吸い上げて、自分のものにして。それ以外の落ち込んだりって感情はスルーしようかなって。そういう心構えでインタビューに応じさせてもらいました」

――これだけは言いたいことなど、何かありますか？

「恵まれない環境でも、両親が犯罪者でも、自分が犯罪者だったとしても……、俺は犯罪してないですけど、生きてます、生きていけます」


二度のロングインタビューはこうして終わった。合計で十時間に及んだ。

私の質問に彼は、ほとんど淀《よど》みなく、真摯《しんし》に答えてくれた。

そのひと言ひと言に嘘偽りはないと私は信じている。

「当たり前に帰れる家があって、当たり前にご飯が食べられて、当たり前に仕事ができて、当たり前に遊びに行ける……。そんな当たり前のことをやっと人並みに当たり前にできるようになったんで、幸せだと思います」

これまでに多くの苦しみがあったからこそ発せられた言葉といえるだろう。それだけに彼がこうした言葉を口にできるようになったことが私には嬉しい。

だからといって、彼の中の闇がきれいに取り払われたわけではもちろんない。

インタビュー中は、部屋のカーテンを閉めて照明を点けていたが、撮影が終わったので、カーテンを開けると、彼は呟《つぶや》いた。

「うわあ、光がしんどい。マジでしんどい。その光がしんどい」と。

終章　俺は逃げない

二十四歳の「普通の青年」

どこか思い出の場所があるなら、連れて行ってほしい——。

取材のあとにそうもちかけてみると、彼は快く応じてくれた。

彼が初めて独り暮らしをしたアパートなどに立ち寄りながら、向かったのは平尾台《ひらおだい》だ。最高峰地点が標高七百十二メートル。南北六キロ、東西二キロにわたって広がるカルスト台地で、北九州市内が一望できる高台がある。

彼は、何か心のわだかまりがあったときにはその高台へ行き、北九州市内を眺めるのだという。昼夜を問わず、これまでに何度行ったかわからないそうだ。

「そこから景色を見ていると、なんで俺は虫メガネで小さい石ころをわざわざ大きくして見るようなことをしてるんかなって。ちょっと離れて裸眼で見れば、たったこんだけのことなんやって思えるんですね。それでよく行ってたんです」

平尾台へ向かう車の中でもいろいろなことを話した。

基本的に彼は丁寧語で話してくれるが、時おりタメ口も交ざる。うん？　と思わないでもないが、それだけ打ち解けられているのだから悪い気はしない。

◇

——初めて車を買ったときは嬉《うれ》しかった？

「うーん、あんまり嬉しくなかったですね。欲しい車じゃなかったけ」

——欲しいのはもうちょっと高かった？

「そうですね、高かったですね」

——いくらだったの？

「当時欲しかったのが、ナンボやったかな……。二百五十万くらいやったかな、とうてい買えるわけがない（笑）。実際に買ったのは五十万くらいじゃなかったかと思います」

——いま、いちばん欲しいものは何？

「時間、かな」

——それだけ仕事が忙しいということ？

「仕事っていうより、一日が二十四時間しかないっていうのがなんか少ないように思って。でも、仮に一日が四十八時間あったとしても、いま、十二時間やってる仕事や、五時間寝てることが倍になるだけなら意味がないから。欲しいものが時間っていうのは、的外れなのかなあ。自由に動ける時間……。縛られたくないっていうのがいちばん近いんかな」

——いずれは自分で商売をやりたい？

「それは常に」

——二十四歳だよね。

「ぺーぺーっすよ」

――同じ二十四歳を見ると幼いと思う?

「幼いなあって思いますね。なんでこんなわがままが多いんやろうかなって。わがまま言えるだけのものを自分がもってるなら別だけど」

◇

彼が最初に住んだアパートに着くと、家賃は二万六千円だったと教えてくれた。

「この頃は不安しかなかったですね。それまではやっぱり、施設とか、みんながおったりしたのに、家に帰ってひとりになるという感覚に慣れてなかったから。ホントにひとりなんやなあって」

そのあと彼が通った小学校に寄り、平尾台に着いた。

「仕事が終わってから来たり、休みの日に来たり。夜寝られんときとかも来たので、夜中の二時とか三時ってことも多かったですね」

そしてこうも言った。

「灯《あか》りがなくて、落ち着くんすよ。世間の一般常識と自分がかけ離れとると感じたときや息が詰まったときなどによう来るんですよね。こんだけデカいと、自分の考えとることがものすごくちっぽけに思えるんです」

それから彼は、奥さんと結婚するまでに何があったかも話してくれた。大筋はインタビューで語ってくれていたとおりだったが、小学生の頃、彼に告白してきてくれたひとりが奥さんだったのだという。その頃から感じ合うものがあったのかもしれない。話を聞いていると、奥さんのほうも相当、複雑な環境で育っていたのが察せられた。

彼は言う。

「嫁には、母親とはもう関わるなって言ったんです。〝俺と一生いるか、母親とずっと関わって、これまでと同じ道を歩むか、どっちか決めれ。お前が母親と縁切って、自分は自分の生活をしたいっていうんやったら俺が面倒みる〟って」

他にもいろいろな話をした。彼は意外にひょうきんで、いたずら好きな面をもっている。両親のことを除けば、どこにでもいるような普通の青年だ。

日銭を稼ぐために必死に働いた時代のことなども笑いを交えながら話してくれた。同じ年齢の人間が幼く見えるのも当然だろう。それだけの苦労と経験を重ねてきている。その苦労を笑って話せるのだから、彼は大人だ。誰にも恥じる必要がないほどに独り立ちしている。

作りものの感動を押しつける番組にはしたくなかった

彼と別れたあと、北九州のホテルに泊まり、またＬＩＮＥがくるかもしれないと期待をしていたが、その夜にメッセージはこなかった。

今回、インタビューに応じたことを後悔していないだろうか？

いまも灯《つ》りを点けていない部屋で過ごしているのだろうか？

ホテルの部屋でそんなことも考えていた。

もちろん、番組をどう構成するかについても悩んでいた。

ニュースや情報番組でもインタビュー企画はあるが、そういう場合、対象となるのは旬な人物だ。社会を賑《にぎ》わしている起業家やスポーツ選手など、登場するだけで視聴者の関心を集められる人たちである。だが彼は、世間にとって旬とはいえない。そのうえ本人の顔は出せず、日常生活も撮影できない。しかも、前回の特番では、事件そのものに対して嫌悪感を示されていたのだ。

そうしたマイナス要素、不安材料を抱えながら、インタビューだけで二週にわたって放送するのである。無謀ともいえる試みであるにはちがいなかった。

どんな作りにすれば、視聴者に見てもらえるのか？

最近の潮流に従えば「再現ドラマ」を取り入れる方法もあったが、そうする気はまったくなかった。作りものの感動を押しつけるような番組にはしたくなかったからだ。

そこで私は、インタビューの合間に彼の心象風景ともいえるイメージカットだけを挟み込んでいく構成にしようと心に決めた。

余計な演出はいっさいしない。

そう腹を決めて、カメラマンと二日間、北九州市内のさまざまな場所で撮影をした。

港、船、飛ぶ鳥、川面《かわも》、商店街、太陽、雲、幸せそうな親子……。

そして、東京に戻った私は、撮影したテープをディレクターに渡し、編集を依頼した。

ナレーション原稿は、私の一人称で書くことにした。一本のクレームの電話からインタビューにこぎ着けるまでの裏側をあえて包み隠さず視聴者に明かすことにしたのだ。


『人殺しの息子と呼ばれて…』


二〇一七年十月十五日、ついに前編の放送を迎えた。『ザ・ノンフィクション』に続くサブタイトルは、あえてこう付けた。

『人殺しの息子と呼ばれて…』

放送日が近づくにつれ、ネット上ではさまざまな声が囁《ささや》かれるようになっていった。批判もあれば、期待もある。いつものペースをはるかに上回るスピードで書き込みは増えていった。

「あの凶悪犯の息子がインタビューに答えるなんて本当か？」

「きっと息子はまともに育ってないんだろうな」

「そんな奴の放送をして大丈夫か？」

私はこれまでにない不安に襲われた。テレビ番組をつくり続けて二十八年、初めて経験する感覚だった。

このまま放送してもいいのだろうか、とも迷った。それで彼への批判が殺到するようなことが起きれば、彼はどんな反応をするのだろう？　それによって道を踏み外したりはしないだろうか？　つい最悪の展開を思い浮かべてしまう自分がいた。

放送前日には、たまらず彼に電話をかけた。

「いよいよ、明日、放送だよ。覚悟はできてるか」

「大丈夫。でも……」

「ネットを気にしてるんだよね」

「そう。俺のことを批判している人が、かなりいるみたい。だから、書き込んで反論しようと思う」

「いや、それはよくない。顔の見えない人間を相手にしてはダメだ」

「だって、こちらが黙っていれば向こうは調子に乗ってくる」

「書き込めば、向こうの思うツボだよ」

「………」

以前の彼ならこうしたときに我慢がきかなかったはずだ。私も必死になだめたが、彼も成長していたのだろう。ネットに反論を書き込むようなことはなく、抑えてくれた。

ネット上の書き込みはやはり増えていったが、とにかく当日の午後二時を迎えた。私は緊張しながら自宅でその放送を観ることにした。

番組は次のようなナレーションから始まった。

「自分の正体を隠して生きるひとりの青年がいます……」

そして、いつものようにオープニングのピアノ曲、サンサーラが始まると、ネット上の書き込みはそれまで以上のスピードで増えていった。

関東ローカルなので、彼はこの放送をその時間に観ることはできない。見ることができるのは、ネット上の書き込みだけなので、彼は間違いなくリアルタイムの書き込みを見ているはずだった。彼が感情的になって変な行動に出ないことだけを祈り続けた。

ところが、である。

番組が進むにつれ、私の不安を打ち消すような書き込みが増えはじめた。

彼への共感の声だった。

よかった……。心からそう思った。


翌日、会社に行き、視聴率がパソコン上に示されるのを待った。

この放送に限って視聴率は気にしないでおこうと自分に言い聞かせていたが、正直なところ、気が気でならなかった。朝九時頃に視聴率は出た。六・三パーセント。民放ではトップの数字だったので、まずはほっとした。

それよりも嬉しかったのはフジテレビに寄せられた声だった。多くの視聴者が、今回のインタビューに涙し、彼の生き方に共感してくれたのだ。私は嬉しくて、さっそく彼にL

INEを送った。

「たくさんの視聴者がキミを応援してくれているよ」

「よかった。本当にいい映像をつくってくれてありがとうございます。やっと報われる」

やっと報われる――。

そのひと言に、これまでの彼の人生が凝縮されている気がした。

その後もしばらくネット上では番組の話題が目についた。ふだんにはないほど、ざわざわとした空気が漂っているようだった。

私のもとには、一般紙をはじめメディアからの取材が相次いだ。

「なぜ、彼にインタビューできたのか？」、「彼はどんな青年なのかを教えてほしい」というものだった。私はあえて積極的に取材に応じた。

少しでも多くの人に彼のことを知ってもらいたかったからだ。

予想を超えた反響。「涙が出ました」

十月二十二日、午後二時。『人殺しの息子と呼ばれて…』後編の放送が始まった。

前編では、目を背けたくなる事件の話が中心となったが、後編は、九歳で両親が逮捕され、突然、それまでとはまったく違った世界で生きていくことになった彼の人生が軸になる。

この日もネット上では、放送前の午前中から、番組に関する書き込みが増えていた。またしても私は不安な気持ちになり、彼への逆風が吹かないことだけを祈り続けた。

そして翌日の朝、信じられない現実を知った。

なんと、番組視聴率が一〇・〇パーセントを記録していたと判明したのだ。

昼間の二桁《けた》超えは異常ともいえる視聴率だ。

以下は、放送後に視聴者からフジテレビに寄せられた声である。
「涙が出ました。七十八歳のおばあさんが思ったことを本人に伝えてください。いま、受刑者の息子の話を見て、すごくいい人になられたんだなと感動しました。負い目を背負って生きていくのでしょうが、お父さんお母さんのことはおいておき、しっかりと光をともして明るいほうに向かって生きていってほしいです。すべて忘れて堂々とお過ごしください、とお伝えください。フジテレビさん、どうぞ励ましてあげてください」（七十代女性）
「私の親は殺人犯ではないですけど、親から虐待を受けたり、重なる部分も多くて、身につまされる思いで見ていました。泣けて、つらくて……。今回、インタビューを担当した方には、これから先も、彼の相談に乗ってあげてほしいと思います。世間は悪い人ばかりではないです。彼もこれから壁にぶち当たることがあるかもしれませんが、大きな幸せだけじゃなく、小さな幸せもたくさんあるから、自信をもって生きていってほしいです」
（七十代女性）

「あの息子さん、いまどきの二十四歳にしてはすごく言葉遣いがいいですね。母親があんなことをしたのに立派に育ったんですね。すごくいいものを見せていただきました。感動しました。ありがとうございました」（六十代女性）

「この子の話を本にして売上げをこの子にあげるとか、まとまったお金をあげて、少しでも人並みの生活が送れるように協力してあげてよ。これっきりってことじゃなくて、この子のためにもっと何かしてあげてよ」（六十代男性）

「手紙を書けば本人に渡りますか？　これから先、平穏な人生を過ごせるようにと思いまして。手紙の宛先を教えてください」（七十代女性）

ここに挙げたのはほんの一例で、同じような声は他にも複数寄せられた。

もちろん、肯定的な意見ばかりではなく、次のような声もあった。

「子供も見る時間帯なのに内容が重すぎるので、できれば放送時間を変えてほしいです」（六十代男性）

「同情してほしいってこと？　世の中にはもっと悲しい思いをしている人もいるし、もっと苦労している人もいっぱいいるよ」（七十代男性）

フジテレビのホームページにも多くの声が寄せられた。

「見応《みごた》えがありました。過酷な境遇の中で懸命に生きている息子に強さを感じました。番組で取り上げることで、多くの人が視聴する。それだけで意義がある。インタビューの仕方もよかった」

「彼自身が真正面からインタビューに応えている姿は、彼の鬼畜な親のことを考えると、涙なくしては見られなかった。奥さんと新しい家族を育《はぐく》んでほしい」

「彼が体験してきた生活、感じてきた思いは想像を絶します。しかし、いまはしっかりとした考えをもって、人の気持ちや立場も考えることのできる大人に成長していることを嬉しく思いました」

　こうした肯定的な意見、感想は五十件近くあった。

　そしてこんな声も届いた。

「私も人殺しの娘です。四十手前になっても〝両親を許すか許さないか〟という壁にぶち当たります。（自分が）親になると、ますます許せなくなりました。〝どうしてこんなことができたの？〟と余計に憎しみが湧いてくるのです。私はその親と同じ道をたどりそうになりましたが、いまは更生し、ごく一般の母親であり、会社員です。加害者の子供たちが〝親のようにはなりたくないと思っていたのに、なってしまった……〟とならないように、加害者の家族（とくに未成年）の支援が必要だと思いました。私も四歳のときに殺人現場を見てしまい、共感できることがたくさんありました。経験した人でなければわからない、この苦労を話し合える場、共感できる場があるといいな、と思いました。〝親に愛されなくても子供は育てられる〟と思えるときが来るといいなと思います」（三十代女性）

寄せられた視聴者の声の多さには私も驚いた。

数日経つと、彼宛ての手紙もたくさん届きはじめた。手紙がある程度たまったら、彼の自宅に送る。そんなことを何度か繰り返した。

こうした手紙に対して彼は「この先の人生でつまずくことがあったら読み返します。本当によかった。ありがとうございます」と感謝している。

視聴者からの声はなお増え続け、次第にフジテレビを大きく突き動かす原動力になっていった。そして『人殺しの息子と呼ばれて…』は二か月後に意外な展開を迎える。

彼の妻は言った。「ま、いまさらだよね」

二〇一七年十二月五日。私は再び北九州へ向かった。

彼にもう一度、インタビューを行うためだ。

視聴者から再放送を望む声があまりに多かったことから、十二月十五日、金曜日の夜九時から二時間にわたり、『人殺しの息子と呼ばれて…』の特別版を全国放送することになったのである。そのためのインタビューだ。

このインタビューでは〝放送を受けて、自分の生き方に変化があったかどうか〟、もしあったとしたら〝どう変わったのか〟を聞き、新たにその声を加えたかったのである。

前回と同じ北九州のホテルの一室で三か月ぶりの再会となった。

放送後もＬＩＮＥや電話でやり取りはしていたので、久しぶりという感じはなかった。このときのインタビューに関しては、特別版で放送しなかった部分も含めて、ほぼそのまま、ここに記しておきたい。

◇

――前回の放送から一か月半ちょっと経ちましたけど、あの番組を観てどんな感想をもちましたか？　自分のしゃべった内容が放送になって。

「まあ、いちばんは違和感じゃないけど、不思議な感じっていうか……。いままでは自分で努力してみんなに伝えたかったことが、なかなか、かたちにならなかった。それが、とうてい、俺ひとりじゃ伝わらない人たちにまで伝わって。いちばんは、いい番組だなって。つくってもらえてよかったなっていう、そういう感想ですかね」

――フジテレビに寄せられた視聴者の意見は、そのほとんどが感動したとか頑張って生きてほしいということでした。賞賛の声が多かったんですが、ネットの意見はご覧になりました？

「まあ、賛否両論ありましたね。もちろん応援してくださる方も多かったですけど、なんでテレビにお前が出てるんだって。身分をわきまえろ、と。それとまあ、ゴミから生まれた遺伝子はゴミにしかならない、と。

あとは成りすましですかね。俺は2ちゃんねるの使い方なんてほとんどわからなかったんですが、俺本人に成りすました感じで書き込む人がいたんですよ。〝親父と一緒に人を殺したんです〟〝僕はまともな人間じゃなく人殺しが趣味です〟と。そういう書き込みもありましたけど、俺は逃げないって決めてたんで、そういう人たちにもコメントを返したんですね。そうすると、心優しい人というか理解ある人たちが次のスレッドを立てるとき、誰が書き込んだかがわかる書き込みの仕方があるんですけど、それを使おうってしてくれて。それで匿名じゃなくなると、誰が書き込んだかわかるようになり、批判的なコメントは少なくなりました。

あらためて匿名性の怖さを知りました。何の気なしに覗《のぞ》いているときは、ああ、叩《たた》かれているなあとか、すごい言われようだなって客観的に見て終わりなんですけど、いざそれが自分に向けられたとき、こんなにも苦しいもんなんだなあって。覚悟はしてたんですけど、ちょっと想像以上でしたね。ネットはそんな感じでした」

――ネットを覗かないっていう選択肢もあったと思うんですけど、やはり見てしまったのはどうしてなんですか？

「これは俺の個人的な考えなんですけど、いい意見を伝えてくれる人も、悪い意見を言ってくる人も、理由はなんであれ俺のために時間を使ってくれているという。いちばんはそこですよね。本当に俺に興味がなかったり、イライラしてしょうがないって人たちだったら、書き込みすらしないと思うんです。で、その悪いコメントのなかにも、やっぱり俺のためになるような意見があったり。あらためて考えさせられるようなきっかけになる内容も多かったんで……。見ないという選択肢を俺が選んだときには、いままでの自分と変わらないなって。また逃げるのかって。なので、あえて見ましたね」

――たとえば同じような経験をされてきた人たちからの声をもらったりはしましたか？

「まあ、そうですね。内容については深くは触れなかったですけど、私も同じような経験をしています、あなたのコメントに励まされましたっていうような内容もありました」

――一方、当時の同級生から電話があったりとか、そういう反応があったりはしましたか？

「ありました」

――差し支《つか》えなければ、どんな感じで連絡がきたのか教えてくれますか？

「まあ、ストレートにテレビ観たよって。その子は当時から仲が良かったんで。詳しくは話していなかったですけど、〝どうだった？〟って聞いたら〝いや、よく頑張って生きてきたと思うよ〟って。その子もそれ以上は俺に言わなかったですけど、また近いうちにご飯でも行こうよって。そういう連絡はきましたね」

――それは小学校時代の友達？

「そうですね」

――連絡先は知っていた？

「俺もその子も、お互い知っているんですけど、連絡は取り合わないんです。なのに、久しぶりに会っても、久しぶりに会った感じがしないっていうか。そういう友達ですね」

――当時はなんとなくっていう程度でしか知らなかったってことですよね。

「そうですね。詳しくは知らなかったですね」

――いちばん心配だったのは、声を変えないで放送させてもらったことでした。職場や周りは大丈夫でしたか?

「ひと括《くく》りにして話すと、まあ、大丈夫でした。なかには気づいた人もいましたけど、それ以上は聞いてこないですし、いままでと変わりなく接してくれているんで。そういうことに直面して思うのは、本当に人に恵まれているなっていうこと。

この放送をきっかけに、いままで以上に人に対する感謝の気持ちっていうか、それをあらためて感じるようになりました」

――奥さんは、どうご覧になっていたのかも気になります。

「まあ、笑っていましたね。俺と嫁は長い付き合いなんで。内容はどうであれ、俺がテレビに出ているっていうのに違和感があったみたいで。小学校時代からいままで一緒にいたわけですけど、知らなかったこともあるわけですよね。そこが唯一、俺の中で不安だったんですけど、そんな不安をかき消すくらい、あっけないひと言が返ってきて、心の荷が降りたじゃないですけど……。そのひと言っていうのが〝ま、いまさらだよね〟って。

なんか、すごい心が軽くなったんですよね。全部話したうえで、知ったうえで、それでも自分のことを受け入れてくれているっていう。日頃忘れがちな嫁に対する感謝の気持ちっていうのも、あらためて感じました」

——生活全体で放送後に変化があったりだとか心境に変化があったりとかは？

「生活に変化はないですね。心境では、いままで以上に、人のために何か、俺にしかできないことがあるんじゃないかっていうふうに考えるようになりました。いままではこう、抽象的で、漠然としていたんですけど。だんだんそのビジョンが見えてきたっていうか、現実味を帯びてきたっていうのがいちばん近いと思うんですけど。これからはもっと俺にしかできないことをやっていけたらいいなあっていう。そういう心境の変化はありました」

俺はあなたのあやつり人形じゃない

——放送後にお父さん、お母さんに会いに行かれたりとかは？

「行きました」

——それはお父さん？　お母さん？

「両方ですね」

——お父さんのところにはなぜ行こうと思ったんですか？

「放送が終わって、自分も気持ちの整理がついたんで。いろんなことを含めて、ちゃんと向き合いたいなっていう。世間から逃げないだけじゃなく、まずは俺が、親父から逃げないっていうのも、大事なことだなあと思って。気持ちの整理がついたタイミングで報告っていうかたちで会いに行きました」

――実際会って、どんな反応をされましたか？

「最初に言われたのが、出たんだねって」

――それは知っていた？

「そうですね。その前に一度会って、出ることは言ってたんで。内容は詳しく話さなかったんですけど、いままでの自分の人生と、これから何をして、どう生きていくかっていうそういう内容だったたっていうのを伝えていて。少し言い合いになったんですけど。そのとき初めて刃向かったんですよね。その刃向かった理由っていうのが、逃げたくなかったということ。いままでの自分を変えたかったたっていう気持ちの焦りからも、そういう言葉が出たんだと思うんですけど……。話の内容は、詳しくはあれなんですけど、とりあえず〝俺はあなたのあやつり人形じゃない〟っていうのを言って、ケンカ別れみたいなかたちになっていて。

その後にもう一回、会いに行ったんです。ちゃんと話をしたかったたっていうのもあって行きました。実際はそういうことはないと思うんですけど、体調が悪いっていうことで面会を拒否されて。その後に手紙が届いたんですよね」

――お父さんから？

「わざわざ来てくれたのに申し訳なかったっていう。普通の人が見れば、普通の父親が息子に宛てた内容にしか見られないと思うんですけど、俺にはわかる文面っていうのがあるんですよね。ちょっとこう、脅迫じみたところだったり、弱みを見せて気を引こうとするところだったり。まあ、そうですね。複雑な気持ちでした。なんとも言えないですね」

──その手紙はどんな内容？

「あえて一文だけ言うとするなら〝一応の父親より〟って書いてましたね。あの人の中で父親らしいことは何ひとつしてあげられていないっていう、そういう気持ちやいろんな意味合いを含めてのその一文だと思うんですけど」

──重たい一行ですね。

「そうですね。まあ、中途半端にそういうやさしいところだったり、理解がある分、俺が苦しむんですけど。いつかはそういった内容とも、動揺せずに向き合っていけたらいいなって思っています」

──また機会があったらもう一度、面会に行く可能性は？

「そうですね……」

私には結論はわからなかった……。

母親に対して憎しみだけで接するのはやめるべきか

――お母さんのほうは？

「母親のほうは、相変わらず毎回のパターンどおりで、最初は心配したような感じで話して、だんだん説教じみていくというように変わりばえしない……」

――番組が放送されたってことは知っていた？

「ま、俺が話してたんで」

――それについてはとくに？

「反対はされていたんで、〝出てしまった以上、何も言うことはないけれど〟って。〝ただ、あなたを利用しようとする人たちが多いのは確かだろうから、付き合う人を考えなさい〟って。そこでまた、複雑な気持ちになるんですよね。当時、何もしてくれなかったのに、いまになって心配しているような言葉をかけられても、やっぱりこう、すっと入ってこないんですよ。でも、放送をきっかけに思ったのは、母親に対しても憎しみの感情だけで接するんじゃなく……。いまはわからないですけど、違った感情、違った見方で接していくっていうのも、これからの俺のために必要なことなのかなっていう。いろんなことを考えさせられました」

――面会に行くときの気持ちと、帰る道中の気持ちってやっぱり違うんでしょうね。

「そうですね。まあ、何を話そう、何から話そう、何を言われるんだろうっていう気持ちから、こんなことも聞いてみたかったな、話してみたかったなって。いつも、あとの祭なんですけどね。これはもう父親に対しても母親に対してもいつも思いますね」

――さっきも話がちらっと出ましたけど、今後、どのように生きていきたいか。その目標だったり、自分の中で新しくできたことなどはありますか？

「いちばんは関わる人、そして俺と関わってくれる人を大事にして生きていきたいなあっていうのと。あと、似たような境遇の子、似たような境遇の人たち……。その人たちに対して、あくまで俺の考えなんですけど、一緒に手を取り合って……。相談に乗るじゃないですけど、話を聞いて、何かこう少しでも手助けができないかなっていう。

それで、そういう境遇の人たちだけじゃなく、社会に対して……。俺が偉そうに社会に対して言える立場じゃないと思うんですけど、セーフティネットがないこの社会に対して、何かを投げかけられないかなっていう。いま思っているのはそういうところですかね。ま、かたちはなんであれ、何かをやっていけたらいいなって」

――最後に聞きたいのは、いつかは広く世間に本名を名乗って生きていく可能性があるのかということ。それについては、いまのところどう考えているのかなって。

「う～ん、まあ、いずれは本名を出して、顔も出して、より多くの人たちに生身で関わっていけたらいいなって思っていますね」

――いまはまだ心の整理ができていない？

「いまはまだいろいろと……。まだそうですね。思い悩むところもあれば、模索してるところもあるんで。いますぐにどうこうっていうのはちょっと言えないですけど。ま、ゆくゆくは、そうしていけたらいいな、とは考えています」

◇

時間にしておよそ三十分のインタビューだった。

その後、ホテルを出て、駅に向かって歩いていく彼を見送った。しっかりとその足で一歩一歩踏みしめるかのように彼は歩いていった。

彼と別れたあと、カメラマンの福元憲之《ふくもとのりゆき》氏と食事に行くと、福元氏は言った。

「張江さん、気がつかなかった？　インタビュー中の彼の仕草だけど。前回は手の動きが激しかったのに、今回はまったくといっていいほど動かなかった。たぶん前回は、とにかく自分の思いを一生懸命、話そうとした結果、手振りが大きくなってしまったんじゃないかな。今回はインタビュールームが彼にとっての安心できる場所になってたんでしょうね。そして彼がちょっぴり成長してたんじゃないかな」

福元氏の言うとおりだと思う。これまでの二十四年間、誰にも話すことができずにいた自分の人生をやっと語ることができた。それもメディアを通じて……。そのことが彼を成長させるきっかけになったとしたなら、私も少しは役に立ったということになるのかもしれない。

　そんなことを考えていると、彼からＬＩＮＥが届いた。

「ありがとうございました。カメラマンさんにもお礼を伝えてください。お疲れ様です。時間があれば、ご飯行きましょう」

　実をいうと、それまで彼は、私とご飯を食べることを拒否していた。私だけではなく人前で食べるのは苦手なのだという。それは幼少時代に受けた虐待とも無関係ではないのだろう。だから私には、この言葉が心底、嬉しかった。

　特別編が放送された十日後のクリスマスの夜には、彼と奥さんが、私をからかうようなＬＩＮＥと電話をしてきた。

　そして十二月三十一日にはこんなＬＩＮＥを送ってきた。

「今年はお世話になりました。変わり者のあなたに出会えて少し成長できたと思います。本当に良い出会いをありがとうございました。来年も生意気な俺をよろしくお願いいたします」


　クレームの電話を受けてから、半年が経っていた。

参考文献
豊田正義
『消された一家
北九州・連続監禁殺人事件』
（新潮文庫）

本文画像提供
フジテレビジョン

構成協力
内池久貴

装丁
坂詰佳苗

張江泰之（はりえ　やすゆき）
フジテレビ情報制作局情報企画開発センター専任局次長。1967年、北海道生まれ。90年、NHK入局。報道番組のディレクターとして、『クローズアップ現代』や『NHKスペシャル』を担当。2004年に放送した『NHKスペシャル「調査報告　日本道路公団〜借金30兆円・膨張の軌跡〜」』で文化庁芸術祭優秀賞受賞など受賞多数。05年、NHKを退局し、フジテレビ入社。『とくダネ！』やゴールデン帯の大型特番を担当し、現在は、『ザ・ノンフィクション』のチーフプロデューサー。17年に放送された「人殺しの息子と呼ばれて」では加害者の長男を10時間にわたってインタビューし、キーマンとして関わった。

人殺《ひとごろ》しの息子《むすこ》と呼《よ》ばれて

2018年７月20日　初版発行

著者／張江《はりえ》泰之《やすゆき》

発行者／郡司 聡

発行／株式会社KADOKAWA
〒102-8177　東京都千代田区富士見2-13-3
電話　0570-002-301(ナビダイヤル)

印刷・製本／大日本印刷株式会社

KADOKAWAカスタマーサポート
［電話］0570-002-301（土日祝日を除く11時〜17時）
［WEB］https://www.kadokawa.co.jp/（「お問い合わせ」へお進みください）
※製造不良品につきましては上記窓口にて承ります。
※記述・収録内容を超えるご質問にはお答えできない場合があります。
※サポートは日本国内に限らせていただきます。

定価はカバーに表示してあります。

ISBN 978-4-04-106734-5　C0095